海の百万石　銭屋の女たち

平野他美

HIRANO Tami

文芸社文庫

目次

序章　7
やす　11
まさ　57
きわと千賀　151
終章　243

【銭屋の系譜概略】

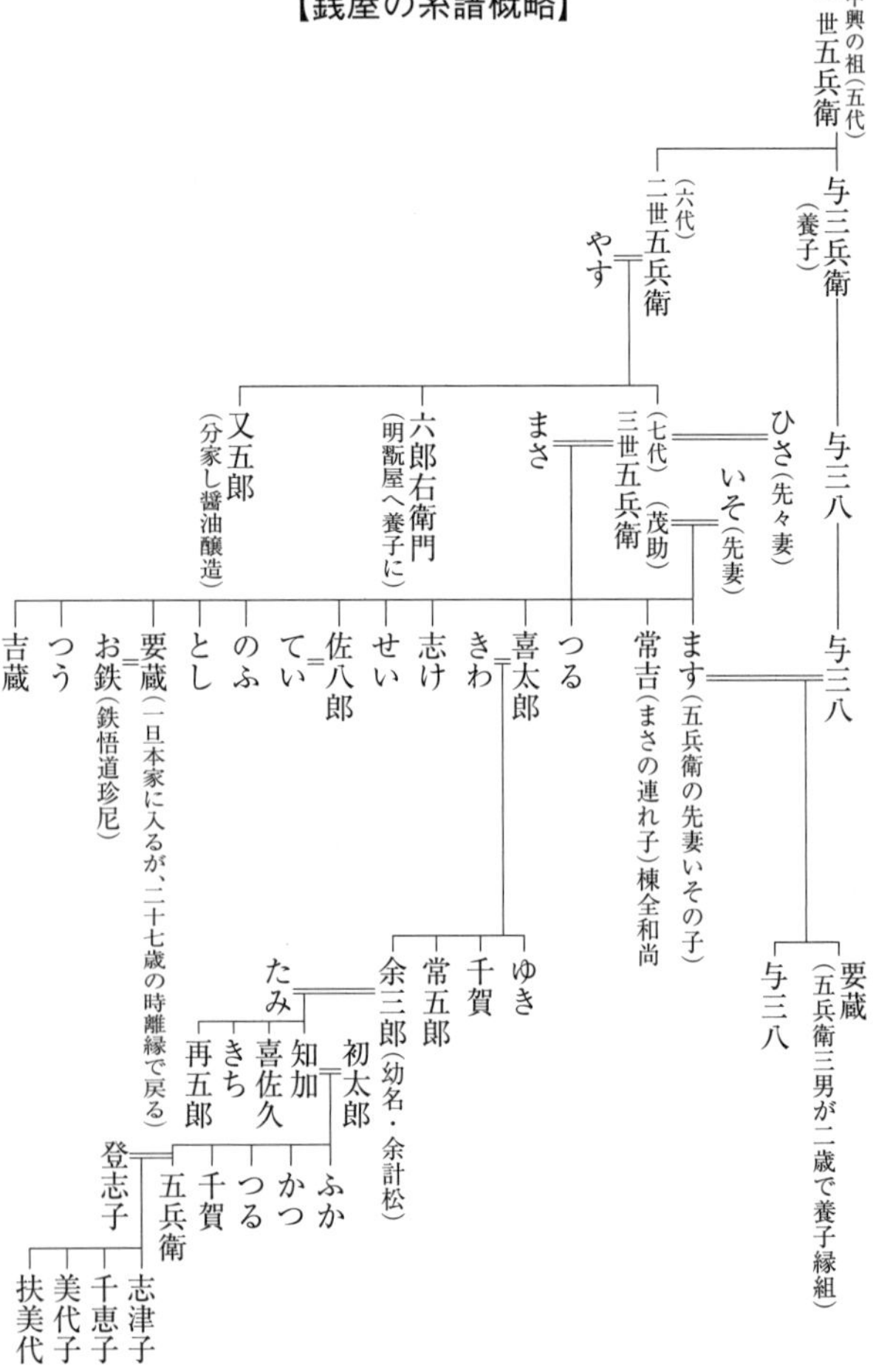

中興の祖（五代）一世五兵衛
与三兵衛（養子）
（六代）二世五兵衛
やす
与三八
ひさ（先々妻）
（七代）三世五兵衛（茂助）
いそ（先妻）
まさ
六郎右衛門（明翫屋へ養子に）
又五郎（分家し醤油醸造）
与三八
ます（五兵衛の先妻いその子）
常吉（まさの連れ子）棟全和尚
つる
喜太郎
きわ
志け
せい
佐八郎
てい
のふ
とし
要蔵（一旦本家に入るが、二十七歳の時離縁で戻る）
お鉄（鉄悟道珍尼）
つう
吉蔵
要蔵（五兵衛三男が二歳で養子縁組）
与三八
ゆき
千賀
常五郎
余三郎（幼名・余計松）
たみ
知加
喜佐久
きち
再五郎
初太郎
ふか
かつ
つる
千賀
五兵衛
登志子
志津子
千恵子
美代子
扶美代

海の百万石　銭屋の女たち

序章

東方の大海原に、南北に細長く浮かぶ、島国日本。

四方を海に囲まれ栄えたのが海運で、初めは小さな手漕ぎの船だったが、「板子一枚下は地獄」の海で、多くを学んだ人々の努力と工夫で、江戸中期には北前船などの堅牢な船が、北へ南へと往来する時流となった。

かつては、朝鮮や中国など近隣の国々との交易が盛んだったが、江戸幕府の治世となって、基督教《きりすと》がご法度となり、寛永十年（一六三三）より次々と鎖国令が発布された。十二年には外国船の入港を長崎のみとし、東南亜細亜《あじあ》方面への日本人の渡航や帰国を禁じ、十六年の南蛮（葡萄牙《ぽるとがる》）船入港禁止をもって鎖国となった。

しかしながら幕府直轄では、長崎口として出島で阿蘭陀《おらんだ》・清《しん》（中国）と、対馬口として対馬藩経由で朝鮮と、松前口として松前藩経由で露西亜《ろしあ》・清と、薩摩口として薩摩藩経由で琉球との交易を認めていた。

それにより、異文化が融合した元禄（一六八八〜一七〇四）時代は、元禄文化として、文芸や学問・芸術が発展し、江戸の町は華々しかった。しかし享保十六年（一七三一）末から翌年にかけての享保の大飢饉や、天明二年（一七八二）から八年にかけて発生した天明の大飢饉など、地震や冷害、そして干ばつと自然災害が多く、凶作による飢餓に人々は苦しんだ。

幕府の財政の根幹は、四百万石を超える幕府領（天領）の年貢米だったが、飢饉が続くと財政は困窮した。

一方で、参勤交代が大きな負担となっている各藩では、百姓には年貢米の取り立て、商人たちには御用金を強いていたが、やはり飢饉の中で財政は逼迫していた。

こんな時勢に耐えかねた庶民が、日本各地で一揆を起こし、また日本近海には、欧州の国々や露西亜・亜米利加《あめりか》の船団が、亜細亜の富を求め刻々と迫った。内外からの揺さぶりに、幕府の求心力にも陰りが見え、現状打開を求める蘭学や漢学・西洋医学を学ぶ者たちが、新しい時代の流れを興そうとしていた。

日本列島のほぼ真ん中で、日本海に突き出た半島の能登、そして加賀・越中と三国内で表高百十九万石の領地を江戸幕府より拝領した外様大名前田家は、加賀藩の藩主として加賀国金澤に居城があり、そこでも幕府と同じ時が流れていた。

そんな加賀国の海沿いの町、宮腰《みやのこし》で、安永二年（一七七三）十一月、銭屋《ぜにや》の長男として、茂助《もすけ》こと後《のち》の五兵衛《ごへえ》は産声を上げた。幼い頃から海の彼方に未来を夢見て、激変する時代の中で多感な時を過ごした五兵衛は、やがて志高く海運業を興し、功を成して加賀藩の財政を度々救ったが、後に、謂《いわ》れなき罪で無念の最期を遂げた。

この話は、隆盛期には「海の百万石」と称された銭屋五兵衛と一家を支え、共に生きた女たちが、一家への謂れなき罪を背負い、銭屋再建のため、それぞれが必死に尽力した姿を物語るものです。

やす

時は文化の頃。

〽ハアー　よい子の　よい子の守りよ
　お抱きたいの
　サア　守りともに
　ソレ　ソレッ……

表の座敷から『能登舟漕ぎ唄』が漏れ聞こえ、やっと眠りに就いた孫娘ますの横で、やすは床に就いていた。
「父様の横に居た花嫁さんは、私の母様になる人やね」
父五兵衛の祝言で見た花嫁が母となるのが嬉しくて、孫娘は先ほどまではしゃいでいたが、やっと寝付き、あどけない寝顔を見せていた。

六年前に、幼い娘を残し二人目の嫁いそが逝って、五兵衛は二度までも嫁に先立たれた。

「銭屋には僂い嫁しかあたわらん」

「旦那や姑にいらぶられて、寿命縮めたんや」

やすの耳に届くのは、口さがない世間の心無い言葉ばかりで、五兵衛が嫁を慈しんでいた事や、女の子が授からなかったやすが、嫁を娘のように思う胸の内や可愛がっていた事を、誰もが知りもしないでと、口惜しい思いで過ごす日々もあった。今日を境に新たな気持ちで、今度こそ五兵衛が行く末までも添い遂げられるようにと、やすは神仏に祈った。

*

寛政元年（一七八九）十一月も仕舞の日、商いが忙しくなる暮れを迎える前にと、十七歳になった長男茂助が、銭屋のしきたりに沿って三世五兵衛の名前を襲名し、醤油醸造と質屋の商いの家督を継ぐ披露が行われていた。

外は、金澤に早くも冬が訪れたような、霙《みぞれ》まじりの北風が吹く寒い日だった。

一類（親族）や町内の商い仲間三十人ほどの男たちが集まる座敷の襖越しに夫の挨

拶が漏れ聞こえ、やすは廊下で震えながら耳を澄ませた。

「長男の茂助も、どうにか皆様とお付き合いできる歳となり、本日より五兵衛と名を改め、銭屋を継がせる事となりましたので、宜しくお引き回しのほどお願い申します」

これまで銭屋の表向きの事について、やすは詳しくは知らされていない。

「四十八の貴方が引退して、嫁も娶《めと》っていない十七の茂助が継ぐとは、余りにも早くはありませんか」

「それなりの財産をこさえ、その後は悠々自適に暮らすのは商人の本望や。四十八で隠居するのは決して早うはない」

少し前に夫から話を聞いて懸念《けねん》を口にしたが、説き伏せられ今日を迎えた。

挨拶に続いて、客人の祝いの言葉や謡が終わる頃合いに、女中を従えたやすは冷えた手を擦ると銚子を並べた盆を横に置き、襖に手をかけ座敷に顔を見せた。

締め切った部屋は、隅に置かれた火鉢と人いきれで生暖かい。居並んだ男たちが揃ってやすに目を向けた。

この日のためにと縫い上げた抹茶色の一つ紋で身を装い、膝を正したやすが深々と頭を下げ、夫の言葉を待った。

「膳を前にお待たせして。これからは遠慮のう飲んで祝うて下さい」

銚子を手にしたやすは床の間の上座へと進み、一人一人に酌をして回り、頭を下げた。言葉は少ないが子を思うやすの心は、男たちの胸に沁みた。

女としては大柄な身を恥じて、日頃は背を屈めているやすが、背筋をすっと伸ばし、滅多に見掛ける事のない晴れ着を纏っていた。その艶やかな姿に驚いた客人が、座を立って酌に回りだした夫に冷やかしの声を掛ける。それを耳にしたやすは面映ゆかったが、思い切って新しい着物を拵《こしら》え良かったと思った。

とはいっても、にこやかに振る舞うやすを、下座で見ている茂助の目が気になった。元来が慎ましやかな銭屋で、やすは奥を守るものとして倹《つま》しい日々を送っていたが、息子の襲名披露は、やすが母親として客人の前に出る初めての機会と、反物を取り寄せたのだった。

「お前が主役でもないものを」

「貴方や茂助に、恥ずかしい思いをさせぬためや」

夫のからかい半分の物言いには気にも留めずに応えていたが、息子を盾に言い訳をしているようで、茂助には少し後ろめたさを感じていた。

「深酔いせぬ前に謡わせてもろわ」

「ほお、初めての謡をこの席で披露か」

「兎に角、目出度いこっちゃ」

宴席ではそこかしこで話が弾み、習い始めた謡曲を謡い出す人も居た。

下座へ退いたやすは、羽織袴で座る茂助の顔を改めて見た。

幼い頃は、姿が見えずに探し回るといつも海岸に居て、数年前までは、店で事があるとやすの元へ来て無言で部屋の隅に居た息子。過ぎた日の数々の姿が思い出されたが、剃り後も青々とした月代《さかやき》姿には幼い頃の面影もない。座を見渡す日の耀きも大人びたようで、「このところ部屋へ来ないと気にしていたら、随分と凛々しくなって」と、間近で見る茂助が急に頼もしく思えた。

「父様と一緒に、お酌に回らんでいいのか」

「今日のところは座っとれと、父様に言われたので」

「それにしても、ここに座って盃を受けるのは大変やね。無理せんとかな」

宴席の様子を気にしながら息子に声をかけたやすは、夫の元で最後まで船頭をしていた半四郎《はんしろう》の『能登舟漕ぎ唄』が謡われ、合いの手や笑い声が聞こえる中、部屋を出た。

身が引き締まるような廊下に立ち、上気した頰を冷ましながら、襖越しに聞こえてくる唄に耳を傾けた。

〽ハアー　殿まの櫓を押す姿
　　　　　早稲の出顔で

サア　ようようと
ソレ　ソレッ
ハアー　あい（北風）の朝なぎ　下り（西南風）の夜なぎ
真風（西風）　たばかち
サア　昼になぐ
ソレ　ソレッ……

藩の作事所（建築工事）の御用商人として銭屋の商いを軌道にのせ、中興の英主とも呼ばれた舅の一世五兵衛から、二世五兵衛を襲名した夫の弥吉郎《やきちろう》は、天性非凡の商才の持ち主だった。

それを継いで三世五兵衛となった息子茂助は、幼い頃から物事を見通す才を持ち、何事にも一途で、いつの日にか「宮腰に銭屋あり」と言わしめる男になりそうな気がした。舅から夫、そして息子へと、脈々と続く銭屋の商いにやすは望みを抱いた。

「これから後は、嫁を娶って跡継ぎこさえて」

この先を思い描くと、名を改めた息子の行く末に気が張った。

いつしか霙も止んだようで、雲間に覗く二日月の細い光が高窓から差し込むのを見て、やすは、この光のようにか細くとも茂助を照らし続けて行きたいと思った。

　家督を譲り二年が過ぎたある日、質屋の集まりから帰った夫の脱ぎ捨てた着物を衣《い》桁《こう》に掛けていたやすは、夫から声を掛けられた。

「五兵衛の嫁の事だが、今日の寄り合いで勧められた話があってな」

「どんな娘さんがお相手にと」

　突然の言葉に狼狽《うろた》えながらも、夫の前に膝を正した。

「宮腰から西へ一里ほど離れた松任《まっとう》の質屋の娘で、名はひさという。十六と歳は若いが、お前の仕込みで銭屋に合うた嫁にしてやってくれ。五兵衛も十九でまだ若いが、跡取り息子なら決して早うない」

　頬を緩ませた夫が言い添えた話を聞いて、やすは気を取り直し微笑み返した。

　襲名してから今日まで、朝早くから夜が更けるまで商売に精進する五兵衛の姿をやすは見てきた。

「この頃は父様が居なくても、金澤から訪れる商人と駆け引きできるようになった」

　五兵衛が言った言葉も思い出し、ここで嫁を娶れば、ますます仕事に身が入ると思った。

「早々に話を進めてもらおう」

　やすの思いを知ると夫が五兵衛に話し、順調に話は運び、五月半ばに祝言を挙げる事となった。

「跡取り息子の祝言は、銭屋の名に恥じないものにしたい」

やすが言うと、

「儂《わし》らの時、本家に遠慮して思うような式を挙げられなくて、歯痒い思いでおったんか」

そう夫が問うた。自分たちの祝言の日を思い出したやすは、嫁いだ夜、夫から聞かされた銭屋家の先祖の話を思い起こした。


遡《さかのぼ》れば、越前の戦国大名朝倉氏の流れを汲むともいわれ、初代は、武士を廃した父と共に、能美郡山上郷《のみぐんやまがみごう》清水村で農業を営んでいた。だが、菩提寺長徳寺が金澤へ移る折に、世話方として金澤へ移り、寛文年間（一六六一～七二）に宮腰に移り住んだ。

五代目となる夫の父は、本姓を橘《たちばな》から清水《しみず》に改称したが、新たに興した金銭両替商（金融業者）で、人からは銭屋と呼ばれ、かくしてこれを屋号とし、一世五兵衛となった。

一世五兵衛は、長きにわたって子に恵まれず、あきらめて親戚の子と養子縁組をしたが、その後、長男弥吉郎をはじめとして実子三男二女を授かった。そこで、銭屋本家を養子に譲った一世五兵衛は、弥吉郎が二十三になると、財産分けをして分家の銭屋を興し、弥吉郎は父五兵衛の名を引き継ぎ改名した。

父の一世五兵衛から襲名し、二世五兵衛となった弥吉郎は、本家はじめ一類の店や屋敷が点在する宮腰で、分家として醤油醸造業と両替質商を営む傍ら回船業（海運業者）を始めた。弥吉郎は早くから北海方面に目が向き、南部・津軽・松前・函館・江刺などの地に回船し、木材海産物類を運んで莫大な利益を得ていた。

やっと所帯を持ちたいと気付いた時には三十路を迎えており、両親を亡くし屋敷奉公をしているうちに三十路を迎えたやすと、縁あって出会った。

「祝言に費やす金子《きんす》があるなら、商いに充てたい」

「晴れやかな式を挙げる歳でもなし、身内も少ない私が、何やかやと言うつもりはありません。商いが一番の貴方が思うようになさって下さい」

弥吉郎とやすが折り合って、祝言とは名ばかりで身内だけの顔合わせとなったが、夫の両親は本家を気遣ってか異を唱えなかった。やすは祝言の席で、この先の商いや暮らしは誰を頼る事なく、この人を助けてゆかねばと心に決めた。

今思うとあの時は、弥吉郎の思いに得心した祝言だったが、この度の息子五兵衛の祝言に固執するのは、本家を見返したいとの思いがあった。その心の内に気付いたやすは、自分の慢心を諫《いさ》められたように思った。

でも、高齢ながらも男子三人を産み育てた事や、若い頃には莫大な利益を得たと聞く夫が、手を広げた回船の商いでまさかと思う厄難に遭い、後には辛い年月を過ごすのを支え、共に乗り越えた我が身への褒美だと思う事にした。


五兵衛の祝言当日、手助けを頼んだ一類と、近所の女たちや女中を差配するやすは、誰の目にも生き生きと若返って見えた。

「五兵衛もいいが、儂の仕度も手伝うてくれ」

久しぶりに息子五兵衛を母親らしく気遣うやすの姿に、夫が呼び掛け、隣の部屋からは下の息子二人も母を呼ぶ声が聞こえ、やすは、一家に嫁を迎える事がこんなにも皆の心を浮き立たせるものかと思った。

羽織袴の着付けを終えた五兵衛が皆の前に顔を見せると、

「ほぅ」

女たちからため息が漏れた。

「こんないい男が、傍に居たなんて」

一類のおばさんの言葉に、一同が笑って頷いた。

やすの目にも、上背もあり見目好い五兵衛は三国一の花婿に映り、「これでいいか」と目で問う息子に頷き返した。

皆が待ち侘びる中、輿入れの花嫁をやすが仏間に案内した。

綿帽子の中で緊張した面持ちのひさを見たやすは、嫁というより娘を授かったように思えた。

「今日からは母と思って、遠慮なく何でも聞いて下され」

仏壇に灯明《とうみょう》を燈し、花嫁に声を掛けたやすは、頷いて手を合わすひさの姿に幼さを感じた。

「不束者《ふつつか》ですが、宜しくお願い申します」

参り終えて向き直ったひさは、教えられた口上を言って手をつき、重たげに綿帽子の頭を下げた。

座敷に並んで座る花婿と花嫁は雛人形のようだった。銭屋の分家初めての祝言として、招いた客も多く、陽が傾く頃から始められた祝言は延々と続いた。

勧められる酒で酔いが見え始めた五兵衛と、疲れの色が滲み始めたひさを見たやすは、繰り返し披露される謡の頃合いを見て、二人を座敷から連れ出した。

「お客さんを置いて、いいんか」

「私も、もう少しなら我慢できます」

「酒を交わし始めたらきりがない。疲れたやろうし、無理して付き合わんでもいい」

縁の高窓から月の光が差し込む廊下を、花嫁の足元を気遣いながら先導する息子と、五兵衛について足を運ぶ嫁を、話しながらも目に留めたやすは、息子を嫁に渡した安堵と一抹の寂しさを感じていた。

後にした座敷からは、祝いの席でお定まりの『能登舟漕ぎ唄』が漏れ聞こえてきた。

商家の朝は早い。夫が起き出す前に目を覚ましたやすは、女中と共に朝の仕度に追われていたが、未《いま》だ起きる様子がない五兵衛たちに気を揉んでいた。

祝言が済んで数日は「慣れないうちは大目に見て」と、渋い顔の夫に二人を庇っていたやすも、今日は五兵衛に念押ししなければと思った。

やがて五兵衛の後ろからひさが顔を覗かせたのを見て、さり気なく息子を土間の隅に呼んだ。

「おひさに、お前が起きる小半時前に起きるよう言うてくれんか」

「話し出したら夜更かしして、朝方に寝込んでしまって」

声をひそめて告げるやすに、顔を赤らめた五兵衛が頷いて言い訳をした。

「父様の手前もあるから、お前が気を回して」

やすの声が耳に届いたか届かなかったか、ひさの方へ足を向けた息子を見て、数か月前までと変わったように思え、これが姑根性というものかとやすは自嘲した。

それでも、やすの言う事を聞いて素直に従うひさは愛おしく、小柄で幼いひさを妹のように可愛がる五兵衛と、五兵衛を兄のように慕うひさの睦まじい姿を見て、一日も早く子が授かるようにとやすは神仏に祈った。

嫁を迎えた銭屋は華やいだ。ひさと歳の近い五兵衛の二人の弟も嬉しそうで、そうそう店を覗かないやすにも、男たちが張り切って商いに勤《いそ》しんでいるのが伝わった。


そんな日々が三か月過ぎ、残暑も厳しい夏の終わり、数日前から下痢が続いていたひさが、無理がたたったのか倒れてしまった。

「今朝方から様子がおかしかったが、急に倒れ込んでしまって」

意識が薄れそうなひさを前に、呼び寄せた近在の医者の顔を五兵衛が仰いだ。

「暑さで弱った身体に、食あたりが重なったようだ。手に負えん病かもしれん」

難しそうな顔で、医者が首を横に振った。

二人のやり取りを横で聞いていたやすは、「土用丑の日」の暑気払いにと買った河北潟の鰻の残り物を、翌朝「勿体ない」と言って食べていたひさの姿を思い出した。

「あの頃から具合が悪いなら、何で言うてくれなんだ」

「こんなに酷くなるとは。ひさも、たいした事ないと言うてたのに」

「何を言い合っても遅い」

言い合う二人は、医者の言葉で我に返った。

「金澤に腕のいい先生が居るそうだから、来てもらえれば」

二人は、藩医ではないが評判の高い医者の名を聞かされた。

「迎えに行ってくる」

その名を耳にして心当たりがあると、五兵衛はやすに急かされ金澤へ走った。

肩を落として五兵衛が帰ったのは、開け放った店から時おり涼風が吹き込む、陽が沈んでからだった。

連れ立つ医者が居ない事を問い詰めるやすたちに、多くは語らない五兵衛の様子を見た夫が、奥へ行くよう促《うなが》した。頷いたやすは、息子を引き立てひさの元へと急いだ。

「先生、来られなかったん」

ひさの傍でうちわを扇いでいた女中が、小さな声でやすに聞き、首を横に振るやすを見て座を立った。代わって傍に座った五兵衛が、膝に置いた拳を握りしめ、声も出さずに肩を震わす姿に、やすは掛ける言葉もなく立ちすくんでいた。

金澤まで一里半の一本道を、五兵衛がどんな思いで医者の元へと走ったか。

「医者に会う事もできず、横柄な弟子に追い払われた」

吐き捨てるように五兵衛は言った。

「宮腰の銭屋というても、金澤では鼻にもかけられん」

五兵衛が続けた言葉でやすは、店先で見た悔しそうに唇を噛んだ顔を思い出した。

陽が落ち始めた宮腰までの道を一人で帰る五兵衛は、どんな思いを抱え歩んだか。

もう命が長くないひさと、詮方ない五兵衛を前にして、手を尽くす術もないやすは枕元で見守るしかない事に悲観した。

夜更けて涼風が流れ込み、部屋の隅に置いた行燈の灯が揺れるのを見ていたやすは、茂助と呼ばれていた頃の五兵衛が、血だらけになって出先から戻った時の事が思い出された。

何を聞いても話さない息子に業を煮やしたやすは、連れ立って出ていた夫を問い詰め、事の次第を聞き出した。

料理屋の前で、父の出て来るのを待っていた茂助は、店から出てきた三人の若侍に絡まれた。挙句の果てに通りかかった役人が、手にした棒で茂助を打ち叩き、その様子を見ていた夫や数人の商い仲間は、口出し一つできずにいた。

「商人は、商いで儲けて侍に取り入るしかない」

帰りの道すがら夫は、傷口を押さえ唇を噛む茂助に、侍には堪忍するよう教えたそうだ。

話を聞いたやすは、体の傷が癒えても心の傷は癒えないだろうと、息子の心の内を思い、やり場のない怒りが込み上げていた。

幼い頃から、宮腰の海を見に行くのが好きだった茂助が、これを機に事あるごとに海へ行っている事を、やすは出入りの船頭半四郎から聞かされた。

「銭屋というても、鼻にもかけられん」

先ほどの五兵衛の言葉が、あの時の茂助の姿と重なり、「ほんにこの世は、得心できん事ばかり」と、やすは呟いていた。

白々と夜が明ける頃、やすと五兵衛に看取られ、ひさは、銭屋の嫁として三か月、女として花開き始めた十六の歳で命を閉じた。

*

教えを乞う嫁を亡くし気落ちしたやすは、妻ひさを亡くした息子が、任せられた質屋の商いに一心不乱で打ち込む姿を、時には痛ましい思いで見守って五年が過ぎた。

ある日の夕暮れ時、店に続く廊下に立ったやすは、押し殺した声で問う男と、それに応える五兵衛の声を耳にした。

「これには、そのような値しか付けられぬと申すのか」

「この値でご不満のようなら、金澤には、値打ち物を扱う大店《おおだな》があると聞いておりますので、そちらへお持ちいただければ」

丁重だが冷たく響く五兵衛の声を聞いて、暖簾《のれん》の隙間から店を覗いたやすは、家宝と思える質草の茶碗を前に座する侍の姿を見た。

五兵衛の言葉に、口ごもった侍の顔色が少しずつ赤らんでゆくのを見て、やすは気が気でなかったが、暖簾の陰で動けずに居た。

「当家の家宝を扱うと、お前の店の箔が付くものを」

「当店のような田舎の質屋では、これが精一杯のお預かり値でございます」

声を荒らげる侍に、応える五兵衛の落ち着いた声が聞こえ、再びそっと覗いたやすは、五兵衛が差し出した金子《きんす》を受け取る侍の姿を目にした。

「五兵衛は侍が相手だときつい商いをする。五年経っても心の傷は癒えんかのう」

その夜、店で目にした五兵衛の様子を夫に話したやすは、危惧《きぐ》する思いと言葉を聞いて、一日も早く五兵衛に後妻を娶らねばと心に決めた。

この頃の銭屋は、加賀藩の海の門口と呼ばれる宮腰で、質屋と醤油醸造業を商っていた。五兵衛は主に質屋の商いに尽力しており、二人の弟たちには、醤油蔵の仕事や商いを手伝わせていた。

「兄じゃの言う事聞いてたら、身が持たん」

「儂らに任せたのなら、儂らのやり方を認めてほしい」

兄五兵衛の言い付けで務める弟たちは、やすに泣きついた。

「納戸で灯りが揺れ、盗っ人かと思うたら、金子を入れた簞笥《たんす》の前に座る五兵衛の後ろ姿や」

夫から聞かされた話でも、思いもかけない五兵衛の変わりように、やすは危ぶんでいた。

そんな時、夫の妹から五兵衛の縁談が持ち込まれた。

「長男のお前には、嫁を迎えて跡取りをこさえてもらわん事には」

「商いで満足できんのに、跡取りまで考えられん」

「嫁を娶れば商いの励みにもなるし、お前も安らげるのではないか」

気が乗らない息子を説得したやすは、行き遅れて五兵衛と一つしか歳の差はないが、義妹から聞いていた通り、大柄でおっとりと何事にも控えめな、いそを迎え入れた。

実家では家事を任されていたというそは、やすの言い付ける事々をそつなくこなして、女中の先に立って働き、五兵衛との仲も睦まじく見えた。

「ややが出来ました」

告げられた知らせは、銭屋の皆が待ちに待った嬉しい知らせで、寛政十年（一七九八）秋に娘、ますが生まれた。二十六で父となり喜ぶ五兵衛の姿に、やすは安堵した。

やすにとっても初孫誕生は思っていた以上に嬉しかった。夫や五兵衛は、跡を継ぐ男の子を望んでいたようだが、我が子三人が男だったやすは、女の子の愛らしさを初めて知った。

「この店も古くなったので、味噌屋町に新しく店を構えたい」

五兵衛が言って、この年に越前町から町の中心の味噌屋町に移った。住居を兼ねて広げた店では、従来の質屋を構えたが、翌年になると店の中で新しく古着屋を商い始め、質屋の商いは弟の六郎右衛門《ろくろうえもん》に任せた。

当初やすは、五兵衛の屋移りについて行かないつもりだった。ところが、出産後の屋移りで無理がたたったのか、いそが寝込む事が多くなり、五兵衛に乞われ孫や嫁の世話を手伝うため、新しい家に居る事が増えた。

「店も新しくなって、ますも可愛くなったのに。何とか二人でやっていけんか」

「今は商いで精一杯や。何とか暫《しば》く助けてほしい」

愚痴めいた事を言うやすに、五兵衛が手を合わせた。

宮腰に出入りする船乗りたちが訪れ、繁盛する古着屋の商いを見てやすは、「これでいそが元気なら」と、考え迷う息子の胸の内が思われ気が揉めた。

「正月は、お前様といそとますで親子三人水入らずが良かろうて」

「そんな事言わずに、年が明けたら父様も呼んで一緒に暮らしてほしい」

年末には夫の元へ帰ると母から聞かされた五兵衛は、医者からはこれといった病名も明かされず、未だに床上げもできない妻を見て、改めてやすに頼むと言った。やすは捨て置く事もできず、思い直して五兵衛の家で年を越した。

例年は、この時期になると客の出入りが増えていた質屋の商いが、兄に任せられた二男六郎右衛門の力不足か、「今年の暮れは振るわない」と陰で話す使用人たちの声が、やすの耳に入った。三男の又五郎《またごろう》に任せた越前町の醤油屋の商いは滞りないと知って、やすは、夫と共に身を寄せる事が、銭屋を統括する五兵衛の手助けになるならと思いを定めた。

藩の十数年続いた締め付けが緩み始めた事もあり、宮腰では、沖を上下する北前船や湊に入る大小の船が増えた。それにより町に活気が出始めると共に、厳しい定めの中で立ち消えていたさまざまな商いが甦った。

味噌屋町で開業した当初は繁盛していた古着屋だったが、船乗り頼りでは季節によってむらがあった。

「ありきたりの商い方では先行きが不安だと、五兵衛が思い悩んどる。五兵衛はやはり船を持ちたいようだ」

五兵衛の悩みや望みを、やすは夫から度々聞かされた。

「貴方様が、船を持ってどれだけ苦労した事か。絶対に許さんといて」

不安なやすは、必死な思いで夫に縋った。

幼い頃から五兵衛は、醤油醸造の傍ら米を積み回船で稼ぐ、父の姿に憧れていた。

「いつか自分も船を持ちたい」

事あるごとに夫に言ったと聞き、

「十数年続けた回船を何で止めたのか。質屋を商い始めた時の苦労話をしてやって」

今更ながらと思ったが、五兵衛に話すようにと夫を急かせた。

やすが嫁いだ頃、夫の回船の商いは繁盛していたが、天明三年（一七八三）から、奥州を中心に始まった大飢饉で米どころ加賀でも不作が続き、回船で運ぶ米が無くなった。夫は次々と北前船を手放して、銭屋は商売替えをした。

夫が、いつも船出を見送った後、船乗りの無事を祈り気が休まらず、船が帰るまで落ち着かない時を過ごしていたことをやすは知っている。船を手放し雇人も減らし、雇人に蓄え全てを投げ出して夫は一時は呆けたようになっていたが、夜中に夢でうなされ飛び起きる事もなくなった。

「気掛かりがなくなって、これで良かったと思うとる」

その後、儲けは少ないが手堅い商いの質屋に変え、安堵していた姿をやすは忘れられない。五兵衛には、夫の二の舞を演じさせたくなかった。


春が近づいても、いその病は癒える事がなかった。

商いで出歩く事が多くなった五兵衛や、手がかかるようになった孫の世話で、瞬く間に過ぎゆく毎日を送っていたやすは、久方ぶりに、いその平癒祈願にと大野湊神社へ足を運んだ。

「五兵衛さんも商いばかりに専念せんと、嫁さんにも気い使わな」

神社へ向かう途中でやすは、縁続きの一人に突然声を掛けられた。

「銭屋は、一度ならず二度までも嫁が病に伏していると言うとる者も居る事やし」

商い人の仲間内で噂されているとも告げられた。

「何としても、おいその病が治りますように。五兵衛と孫に平穏な日が来ますように」

神様に語り掛け手を合わせたやすは、人目を避けるように家へ帰ったが、五兵衛の胸の内を思うと痛ましかった。待ちかねたようにやすへ手を伸ばす孫娘ますを見て、愛おしさに抱き寄せ、孫の背に涙をこぼした。

去年の春、宮腰の海が陽光にきらきら光るのを見て、やすの方を振り返り嬉しそうに微笑んでいたいそが、春を目の前にして息を引き取った。

「ます、母様の顔をよく見とくんや。いそ、この先儂はどうすりゃいい」

五兵衛が娘ますを抱き、答えるはずの無いいそに話し掛けている姿は、悔やみに訪れた人たちの涙を誘った。居たたまれずに部屋を出たやすは、廊下の高窓から射す月の光の中で、肩を震わす夫の後ろ姿を見た。

そんな辛い年が明け、季節が変わるのを幾たび重ねたか。母を亡くしたますが寂しい思いをせぬようにと、やすは尽くした。

五兵衛は、母や父の力添えに応えるように商いに明け暮れていた。質屋を任せていた二男六郎右衛門を、文化元年（一八〇四）に石川郡本吉の明翫屋《みょうがんや》へ養子に出し、三男又五郎には、任せていた醤油屋を正式に継がせ分家させた。

一家の大黒柱となった五兵衛も、今や三十二の歳を迎えた。

「私らが一緒になったのが三十二の頃なのに、五兵衛は私らの何ぞ倍も辛い目に遭って」

「儂が丈夫なうちに、弟たちの身の振り方を算段してくれて、五兵衛はいい商人になる。これで船の事さえ諦めてくれりゃな」

やすのため息まじりの繰り言に、弟二人の行く末を五兵衛から相談されたと、夫が嬉しそうに話した。

二人の息子が先行きを定めた後、銭屋は、五兵衛と通いの番頭で質屋と古着屋を商っていた。年号が享和から文化へと移るにつれ世は安泰で、藩では、財政再建として引き続き商いの定めを緩め、それにより宮腰の湊に入る船もますます多くなった。賑わう町では、船で運ばれた諸藩の品々を商う店がひときわ繁盛した。

「他の店の賑わいを見て五兵衛は、力を尽くしても伸びない商いに歯痒い思いでいる」

やすは、苦悶する五兵衛の様子を、またもや夫から聞かされた。

度々の話でやすは、船を持って海へ出たいと五兵衛が再び言わぬように、一日も早く五兵衛に後添えを迎えようと、夫をせっついた。

そして文化三年（一八〇六）夏、金澤百姓町で扇子を商う松任屋の娘、歳は十九で三つの男の子を連れたまさと、八つの女の子を持つ三十四の五兵衛が祝言を挙げたのだった。

＊

寝入ったますの横でやすは、先ほど『能登舟漕ぎ唄』を謡っていた半四郎が、酔ってやすに打ち明けた五兵衛の話が気になって、いつまでも寝付けずに居た。

「若旦那が儂を訪ねて来てくれて、船に乗っていた頃の昔話や、知り合いの船乗りから聞く今時の話をして、いつも楽しい一時《ひととき》を持たせてもろとる」

「五兵衛が、半四郎さんにそんな話を聞かせてもらっとるん」

「若旦那は船で商いたいそうで。幼い頃に見た大旦那さんの回船を、よう覚えとられる」

二年ほど前から、時折夜になると出かけて行く五兵衛を見て、町の寄り合いもあるだろうが、寂しさを紛らすためかともやすは思っていた。宴席で、やすの酌で盃を空けた半四郎から聞いた話で、船を持って回船業をやりたいと、五兵衛が今も一途な思いでいる事を知らされた。一か八かの商いはさせたくないとやすは心に決め、漸《ようや》く目を閉じた。

　翌朝やすが水屋を覗くと、昨夜はいつ時分床に就いたものか、嫁のまさが爽やかに微笑み、やすを見た。

「不束者ですが、色々と教えて下さい」

「今日ぐらいゆっくり休んでいても良かったのに」

　子を生《な》して直ぐ夫に先立たれたと聞くまさが、ゆったりとした物腰で歳のわりには落ち着いて見え、やすは、今度こそ銭屋にとって望むような嫁になりそうな気がした。五兵衛の思いも同じであるようにと祈った。

　年若いまさが母となり、ますは喜び、弟ができた事で急に姉らしく振る舞うようにもなった。いつしか、やすの部屋よりまさの部屋に居る方が多くなり、良かったと思いながらも、やすは一抹の寂しさを感じていた。


　五兵衛との夫婦仲も良いまさは、翌年には二女つるを授かった。産後の肥立ちも良く、やすは嫁が丈夫な事が何より嬉しかった。

　幼子が増え賑やかな銭屋には笑い声が絶えず、商いに励む五兵衛の生き生きしている姿が、やすには心地良かった。

　まさは、やすが思っている以上に壮健で、乳飲み子を抱えながらまたもや子を授かったようで、恥ずかしそうに打ち明けられた。

「子は宝や。無理せんよう体を大切にね」

やすは、まさに労わりの言葉を掛けた。五兵衛や番頭が留守の時、まさが店で質入れ客の応対をしている姿を見かけ、子育てで忙しかろうに、いつの間に商いを覚えたのかと思っていた。

「まさは、なかなかの見立てをする」

女が商いに口出しするのを夫や五兵衛が嫌がると気遣い、商いには関わらずにきたやすは、二人がまさを称賛するのが意外で、一人取り残されていくようで寂しかった。

そして文化六年（一八〇九）、五兵衛三十七歳で待望の男の子を授かった。

「銭屋の行く末を託す喜びもあるので、喜太郎《きたろう》と名付けたい」

「まさの連れてきた男の子、常吉《つねきち》の行く末も考えてやらなぁ」

五兵衛から、我が子に付けた名前を聞かされたやすは、連れ子の常吉にも一層の気配りをするようにと、五兵衛に言い含めていた。

「まさが、常吉を寺に預けて出家させると言うて」

暫くして五兵衛から聞かされたやすは、不憫な息子をあっさり手放すまさの了見が腑に落ちず、まさには情が無いのかと思った。

「母様が、常吉にお坊さんになるように言うて常吉が泣き、二人の様子を見て女中が泣いてたけど、母様は涙堪えて常吉に言い聞かせてた」

　数日経って、ますの取り留めのない話を聞いたやすは、銭屋で男の子が生まれた時には、常吉の行く末を夫から言い出される前にと、心を決め取り運んだと思われるさの潔《いさぎよ》さと賢さを知った。独り立ちした息子を未だにあれこれ思い惑う我が身と比べ、見事な嫁を五兵衛はもらったと、銭屋の先行きに安堵した。

　次第に世の中の暮らしぶりも良くなり、先立つ金子を得るためにと、質屋を当てにする人も多くなり、銭屋での質屋の商いはまずまずだった。だが古着屋の商いは、金澤の古着屋が宮腰でも店を開き、張り合っても敵わないと見た五兵衛は、文化七年（一八一〇）になると、十年ほど続けた古着屋を閉じるとやすたちに宣言した。

「質屋の商いに専念する」

　思うように商いが立ち行かない中で家族が年々増え、助けとなるはずの父が寝込む事も多くなり、ここで五兵衛が決断するのは仕方無いとやすは思った。

　その時一緒に聞いていたまさが、落胆もせず動じない様子を見て、息子はこの先まさを頼りに暮らしていくだろうと、やすは寂しくもあったが安らいだ。

　年が明けてから、雪が降るにもかかわらず、商いを質屋だけと定めた五兵衛が度々外出する姿を見かけ、やすは訝《いぶか》しんでいた。

「質流れの古船を修繕したので、米を積んで回船をやろうと思う」

二月になって五兵衛に告げられ、やすは病に伏す夫に相談する事もできぬ間に、船出する五兵衛を見送った。

「大丈夫です。五兵衛さんは必ず帰ってきます」

「『回船の商いだけはするな』と五兵衛が父様に言われていると、まささんは知らんのか」

店先で火打石を切ったまさが振り返り微笑んだのを見て、やすは問いただした。

「『父様に盾突くつもりは無いが、我意を通して申し訳ない』と。五兵衛さんは船を前にして、幼い頃からの思いが抑えられなかったようで」

まさが瞳を潤ませ取り繕う姿に、やすはそれ以上責められなかった。

五兵衛が顔を見せない事を、いずれ夫から聞かれるだろうとやすは気を揉んだ。

五兵衛は出立前に「大坂へ行く」とまさに言い残したようだが、いつ帰るかは定かではなかった。

「後は祈るだけです」

やすに言ったまさが、毎日朝早く大野湊神社へ祈願に行く後ろ姿に、やすは息子の無事を祈って手を合わせた。

五兵衛の留守を夫に誤魔化し続けたやすだったが、彼岸を迎えて、二男六郎右衛門と三男又五郎の顔が揃うと、長男五兵衛が居ない事を隠し通せず、三人の前で、五兵衛が回船の商いに出たと打ち明けた。

「銭屋が二月に米を積んで船出したと、宮腰で取り沙汰されとる」

「宮腰の回船問屋は、いつも四月に船を出すんやろう」

又五郎が話し出すと、六郎右衛門も話を続けた。

「『二月の海は言われているほど荒れはしない』と、五兵衛はまさに言ったそうな」

やすは、二人に答えるように言った。

「二月の海が皆の思うほど荒れないとは、船頭から聞いた事がある。五兵衛は、海や回船の事を誰から聞いたものか」

黙って聞いていた夫が、ぽつりと呟き目を閉じた。先ほど茶を運んだまさが、襖を隔てて佇む気配がしていたが、そっと離れるのをやすは見て取った。


四月になった。

「修繕したとはいえ百二十石の古船で、遠くへ米を運べるわけがない。今にどんな知らせが来ても慌てるな」

帰って来ない五兵衛が気掛かりなのか、夫が目を開けるたび、自らに言い聞かせるように呟いた。

「まさが、『ひょっとして五兵衛さんは大坂まで行ったのでは』と言うてるけど」

枕元に座るやすが、夫を励ますように声を掛け、

「そんならいいけどな」

夫が答え目を閉じる。二人は同じ語らいを繰り返し、日々を送った。

年老いた番頭と留守を預かるまさが商う質屋は、訪れる客が少ないとはいえ開けねばならない。病人を抱えたやすは子供たちの世話もあり、家を空ける事もままならなかった。五兵衛の事は、やすもまさも互いに気に掛けながらも平静を装い、取り沙汰している宮腰の町でも皆が息を潜め、帰りを待っていた。

そうした春の夕暮れ時、まさが抱く喜太郎を奥に連れ戻るため、店へと続く廊下を進んだやすは、暖簾の陰で店を窺《うかが》う番頭の姿が目に入り不審に思って近づいたが、番頭の目配せで暖簾の先を覗き見た。

はっきりとは聞こえないが、酔って大声を出している男を前に、喜太郎を抱いたまさが何か話している後ろ姿が目に入った。

店に出るよう促《うなが》すやすに、番頭が首を横に振る。

「今は奥様にお任せした方が宜しいかと」

声を潜めて言った通り、子を抱えたまさのあしらいに、勢い込んできた男は気が抜けたように鎮まり、その後もまさの話を暫く聞いていた。

その時、横に居た番頭がまさに呼ばれた。程なく男に包みを渡す番頭の姿が見え、手にした男が頭を下げ出て行った。

「五兵衛さんは帰ってきますよねぇ」

暖簾をわけ店に出たやすは、縋るような目を向けるまさに問われ、渡された喜太郎を抱え頷いたが、これで五兵衛が戻ればよいが戻らぬ時はと思うと、何故にまさは、行くなと五兵衛を留めてくれなんだと気が揉めた。


その後、宮腰の湊から荷を積んで船出した千石船や北前船が、目的の地に着いたかと思われる五月も半ばを迎えた。

「旦那様の船が見えたら知らせるよう頼んでいた男が、先ほど転がるように店に飛び込んで来ました。朝日丸と染めた旗が見えると言うのを聞いて奥様が、慌てて男について湊へ向かわれましたが、多分違いないと思われます」

奥に居るやすの元へ慌てて来た番頭から、待ちに待った知らせを聞かされた。五兵衛の顔を見るまではとやすは思ったが、仏壇に灯明を燈し手を合わせると、涙が頬を伝った。

他の回船問屋に先立って五兵衛が持ち帰った品々は、宮腰だけでなく、伝え聞いたと言って金澤から買い付けに来る受け売り人も居て、銭屋の店に積まれた荷は、解かれる間も無く売りさばかれた。五兵衛や番頭だけでは手が回らず、見かねたまさが手伝い、航海から帰り荷解きに来ていた船頭の半四郎や、連れの若い衆二人も手を貸していた。

父が帰り急に賑やかになり、嬉しくてはしゃぎ回る孫たちを世話するやすが、数か月ぶりに見る息子は、海に鍛えられたか商いが首尾よくいったお陰か、自信に満ちた顔になっていた。やすは銭屋の先行きに光が射したように思えた。

床に就く父親の横で、船での商いの成り行きや、航路で立ち寄った湊の話を楽しそうにしている息子を見て、回船業を反対していた父に何とか得心してほしいとの思いがやすにも伝わった。そんな五兵衛に夫が言葉を掛けた。

「回船の商いをそれほど望むなら、吉凶が背中合わせだと承知してやれ」

薄らと微笑んで目を閉じ、それを聞いた息子が肩の力が抜けたような姿を見せ、やすは五兵衛が愛おしかった。

「くれぐれも心して」

目を閉じた夫は、五兵衛に続けて言った言葉を最後に、目覚めなかった。文化八年（一八一一）六月五日、やすの夫で五兵衛の父、弥吉郎は七十歳で旅立った。

「もう一度、海に出たい」

「身重のまさも居るに、せめて父様の喪が明けるまで待てぬか」

九月になると五兵衛から打ち明けられ、やすは言葉を尽くし引き留めた。

「まさや船頭も、母様と同じ事を言って引き留めている。それでも行きたい」

五兵衛はやすに、思いの丈を話し始めた。

「船の商いで、陸に居ては得られない数々の事を知り、亡くなる前の父様の言葉にも励まされたが、再び船で商うのは喪が明けてからと思っていた。ところが、稲や菜種などの肥料となる干し鰊《にしん》を、蝦夷《えぞ》から買い付けるのを禁じていた加賀藩が、近々その縛りを緩めるとの話を聞いた。そこで、春を待って商うという他の問屋に先んじて、蝦夷へ買い付けに行ってこようと思う。この春、船出する前に海の事を教えてくれた漁師から、秋の海は日和見さえ怠らなければ、十月半ばまでさほど危険ではないとも聞いとる。米の回船なら不思議に思われずに船出できるので、これから刈り取った新米を買い集めて、米が取れない蝦夷へ運ぼうとも考えとる。この宮腰で船使って商う時は、他の回船問屋が考えつかないやり方で商うしかないと思っとる」

「それで、まさや船頭を承知させたのか」

聞き終えて問うやすに、晴れ晴れとした顔で頷く五兵衛を見て、今度は身重のまさに代わって大野湊神社へは、自らが詣でなくてはと思った。

やがて五兵衛は船出した。やすは、今まで妻にしか話さないと思っていた商いの事を、母親にも分かるようにと、息子が気遣って話してくれたのを思い出すたび嬉しくなった。

　そうして待っていた十月半ば、もう少しすると荒れ始める海を乗り越え、古船の屋形いっぱいに干し鰊を積んで、五兵衛の船が蝦夷から宮腰の湊へ帰って来た。

　宮腰の回船問屋が、総じて一年の商いを終えた静かな町中で、積み下ろした荷を捌《さば》く銭屋の店先は、荷車に積み上げる人や引き降ろす人たちで活気に溢れた。問屋たちのやっかみ半分の陰口も耳に入ってくるが、古船を使って二度も海を渡り、大きな商いをして帰ったとの賞賛の声も聞こえる。店に立つ我が子五兵衛が大きく見える事に、やすは戸惑いを覚えていた。

「これが一段落したら話したい事があるので、弟たちの都合を聞いてほしい」

　五兵衛からやすに申し入れがあり、商いの事と思ったやすは、一類の長老にも声を掛け、子を産んで日の浅いまさを煩わすわけにはいかないと、客を迎える差配もした。

　どこか遠慮がちだった長男五兵衛はいつしか当主らしくなり、二男六郎右衛門は幼い頃そのままにおっとりとして、三男又五郎は末子らしく気ままに振る舞う。

　三人三様に育ったと、久方ぶりに顔を合わせた息子たちをやすは見ていた。

「質屋をやめて回船の商いに専念するので、申し訳ないが承知してほしい」

　突然頭を下げた五兵衛に、一同は驚いた。

二度の回船の商いが思い通りに成就した事で、四十という節目の歳を迎えた五兵衛が、この先を考えて決断したのだと、この場に集う誰もが知るところだが、

「たかが二度の商いで、海や回船の何が分かる」

「今まで通り、質屋と兼ねて商えないのか」

又五郎が嘲《あざけ》るように兄を諫《いさ》め、阿《おもね》るように六郎右衛門が問うた。

「慣れぬ商いで銭屋一類に厄介を掛けぬように、くれぐれも心してくれ」

懸念する長老の言葉が続き、横で聞いていたやすは、投げ掛けられる一語一語を、頷きながら聞いている五兵衛の顔に見入った。

「皆の思いはもっともな事と分かってはいるが」

五兵衛が弟たちや長老を見回す。

「時季外れの航海は決して賭けではなく、二度ともよく考えての事。回船の商いが片手間ではできないとの思いは当初からあり、まさは子に手がかかり頼みとならぬ今、番頭一人に留守を託しての商いは心許ない。最後に一類の方々には、銭屋一類の誇りと言われるように精進してゆく思いを、どうか汲み取っていただきたい」

「父様も、最後には五兵衛の思いに頷いておられた」

再び頭を下げた五兵衛に続きやすが言葉を足して、五兵衛の申し出は受け入れられた。

二人の息子たちや一類の長老が渋々承知するのを見ていたやすは、「本当にこれでよかったのか」と、皆を送り出した後に仏壇の前で手を合わせ、目を閉じ呟くと、言い知れぬ不安に襲われた。


この後から五兵衛は、海の商人として新たな商いを確立し、まずは、隠居したいと申し出があった番頭に代わり、船出を共にした船頭半四郎を番頭に立てた。

「質屋を畳んだ金子と二度の商いで儲けた金子で、船を二艘買い求めたい」

「辞めた番頭には十分にしてやったのか」

船を買うと逸《はや》る息子に問うたやすは、苦い顔になって頷く五兵衛を見て、この先も物入りな息子に、出過ぎた事を言ったと悔やんだ。

時を同じくして十二月、五兵衛が宮腰奉行から宮腰の「銀仲棟取《ぎんずわいとうどり》」を命じられ、質屋から回船問屋に商い替えをして直ぐ仰せつけられた大役は、宮腰の町でも評判となった。

「銀仲棟取って、どんなお役です」

尋ねた女中に応えるまさの横で、聞くとはなしにやすも聞いていた。

「侍たちが大名から貰った知行米《ちぎょうまい》を買い、米商人に売る仲買人に用立てるために、金持ちから集めた金子で手間賃を取る商人を、加賀では銀仲《ぎんずわい》といって、集めた金子が及ばぬ時には己の金子で用立てる。加賀藩は、藩士が困る事なく藩も潤うため、財産や力のある者に銀仲を命じるそうや。でも家は回船を始めたばかりなのに、何で申し付けられたのか」

五兵衛の受け売りといったまさの最後の呟きを耳にしたやすは、まさの思いは息子の思いではないかと、誇らしさと胸騒ぎが入り交じった。

文化九年（一八一二）が明けて早々、銭屋で材木の商いをするようにと、五兵衛が藩の奉行から命ぜられた。

これまで、宮腰に材木問屋は一軒だったが、銭屋の先々代が材木を商っていたからと命じられ、他にも新しく三軒の材木問屋が増えた。藩が運上金を得るため仕掛けた策のようで、「先に危惧した事が真となった」と五兵衛が言っていたと、やすはまさから聞かされた。

天災や火事が多くあるこのご時世、材木の商いは割の合わない事ではないが、宮腰で同じ商いが増えれば競り合いとなる。木材の買い付けや、木材を運ぶ船を新たに入手する金子も必要となり、今後の銭屋を思うと受けられない話と、五兵衛が断り続けていると聞かされた。

「奉行所から、材木問屋をせよとのお達しがあったそうな」

そんな中、本家の跡継ぎ与三八《よさんぱち》に支えられ一類の長老が姿を見せ、まさに呼ばれてやすは店に顔を出した。

「先々代が商っていたからとのお声掛かりとか、一類にとっても目出度い」

「実は、奉行所から返答を急かされ、よくよく考えたうえ辞退するとの申し出に、明日奉行所へ行こうと思っているところです」

破顔する長老に、五兵衛が応えた。

「今何と言うた」

長老の顔色が見る見るうちに変わり、やすも断りを申し入れる五兵衛の心積もりを知って、思い切った決断に驚いた。

五兵衛が苦悩している事を、やすはまさから聞いていたが、それでも奉行の下命には逆らえまいと思い、覚悟を決めた五兵衛に声を掛けようとした瞬間。

「それはならん。お前が断れば、この先一類がどんな目に遭うか知れとろう。年若い本家の主の先行きも考えてやらな」

「そうは言われるが、やっと回船を商い始めた今、材木問屋なぞ務まるわけがない」

口から泡を飛ばして言い募る長老の剣幕に、呑まれたように五兵衛が声を落とした。

横で聞いていたやすは、息子の苦しい胸の内も、断れば厄介な事になるとの長老の言い分も分かり、後は五兵衛の心次第とそっとその場を退いた。

商いの駆け引きは分からないやすだが、悲喜交々の商いで覚悟する男の姿は、亡き夫の時にも幾度か見た事があり、女は傍で見守るしかなかった。

だが五兵衛の場合は、断るか受けるかどちらを選ぶも茨《いばら》の道へ進む。それを承知で覚悟しなければならぬ男を見るのは辛かった。

そのうえ、一類の先々までも肩に背負わされ、共に聞いていたまさも辛かろうと思う。

家の中の重苦しさが伝わるのか、奥に居てむずかっている孫たちの傍でやすは、何が起きてもこの子たちを守らねばと思ったが、何ひとつ助けてやれないと気付き口惜しかった。


やはり五兵衛は、奉行の申し付けを拒めなかったようで、前に話していたように二艘の船を買ったが、一艘は材木専用として、もう一艘の船は、朝日丸と共に米の回船で用いる心積もりだと、やすはまさから聞かされた。

船を増やせば船頭など雇人も増え、掛かりも多くなるだろうと思い、早く春になり商いが首尾よく運ぶようにと、やすは灯を燈した仏壇の前で手を合わせた。

材木の商いは、五兵衛が藩からの再三にわたる申し出を断れず引き受けたのだが、材木の値や取引を先導できる役得や、積出し湊では加賀百万石の威光も目にしたようで、五兵衛は銭屋の先々代に引けを取らない商いをと勤《いそ》しんだ。藩の城郭築造や町の家々の普請などで、求められる材木の量も増え、宮腰の湊や銭屋の店は活気に満ちた。

材木の取引や海運に精力的に取り組む五兵衛は、藩領内の森林に限らず羽後や南部・津軽からも買い求め、木材の積出し湊である南部の野辺地《のへじ》や津軽の鰺ヶ沢《あじがさわ》で、売り手との掛け合いや買い付けをする番頭として地元の人を雇った事もまさから聞かされた。

こうした五兵衛の尽力を、やすは時折まさから聞かされ、銭屋の商いが案じていたより順調な事に安堵していた。

「年明けの春に、また義母様にお世話をお掛けします」

そうした中、孫娘志《し》けが乳離れもせぬに身ごもったとまさから告げられ、今後また一段と息子の苦労が続くと思った。

文化十年（一八一三）が明けて、二月になって奉行所から五兵衛に「諸算用聞上役《しょさんようききあげやく》」（町会所の会計相談役）の命が下りたと聞いたが、浮かない顔の五兵衛を見てやすは、一類の人たちや同業を商う人たちの誉めそやす声に、曖昧に応じていた。

渋々引き受けた五兵衛は、奉行からの御用は心して果たしていたが、春になると宮腰奉行所から御用金が命ぜられたようで、五月初め、断ると言って奉行所へ出向いた。

「御用金用立ては受けたけど、引き換えに奉行と掛け合ってきた」

後日やすに告げる顔が嬉しそうで、何があったのか訝《いぶか》しんでいた。

「五兵衛様は、身は宮腰にあっても心は海の上、手の届かぬ彼方に居られるような」

忙しい商いの合間を縫って、五兵衛が長谷川《はせがわ》家へ通っているとの繰り言を、乳飲み子を抱えたまさからやすは聞かされた。

「五兵衛が手に入れた千石船が、大坂から着くのを宮腰の湊で迎えたのが数日前。宮腰の他の回船問屋が考えた事も無いやり方で五兵衛は商いを大きくし、今では何不自由無い暮らし向きにしたのでは」

それとなく話したやすだが、五兵衛を庇護するように聞こえたか、まさが唇を噛んで詫びる言葉を聞き、取って付けたようでわだかまりが残った。

ところで五兵衛が奉行と掛け合ったのは、前から望んでいた学者に会う事で、まさの話では、指南を受けているのは長谷川猷《ゆう》といって禄高百五十石の藩士だという。十二代藩主斉広《なりなが》が江戸から招いた、天文学・数学・地理学など新しい近代科学を学んだ本多利明《ほんだとしあき》から、天文航海学や外国事情の教えを受けた人だった。

船を手に入れるたびに使用人が増え、次々と命ぜられる役と共に申し付けられる難題。そうした五兵衛の、海を越えて商うことへの憧れや、新たな道を模索する姿が、側に居ても安らげないと思うまさの気持ちは分からないわけではない。だが女の元へ通うわけでもなく、まさ一筋で次々と子を生す五兵衛に何の不足があるのかと、やすは不服を漏らすまさの姿が癇に障った。

その夜、まさに抱いた思いに収まりがつかず寝付けないやすの部屋へ、まさが訪ねてきた。

「先ほどは、五兵衛様や義母様のお気持ちも分からずに、自分勝手な思いばかりを言って本当にすみませんでした」

そっと襖を引き、まさが瞼を腫らした顔を覗かせ、敷居の前で頭を下げた。

「銭屋がここまで大きくなれたのは、まさが居ればこそと五兵衛も言うておる。これからも二人手を携え、仲良く過ごすようにと願うておるから、五兵衛を信じて助けてやってくれんか。私も少し言い過ぎた」

まさも眠れずに居たと知り、詫びたやすがまさの膝元へにじり寄った。


やすにとって初孫のますが、十五となり娘らしくなった姿を見るにつけ、一日も早く嫁がせたいとの思いで過ごす中、師走に入りせわしい店先で、五兵衛と話す本家の与三八を見掛け、やすは挨拶を交わした。

「何と身近に良い人が居たものか」

奥へ入ってやすは、顔を合わせたまさに笑みを浮かべ早速語りかけた。

やすの話を聞いたまさに異存は無く、

「一類のどなたかに仲立ちいただいては」

というまさの言葉に、やすは夏の頃に顔を見せていた長老に本家との橋渡しを任せようと思い付き、まさから五兵衛に話してほしいと頼んだ。

「じじ様が継いでいたはずの銭屋の本家に嫁ぎ、跡継ぎを産んでくれまいか」

ますは、手を合わせるやすを見て、話が飲み込めないままにっこり頷いた。

五兵衛の商いが歳月を重ねるごとに大きくなるのを見て感服していた長老は、本家の息子と五兵衛の娘とを娶わせる話が、一類にとってもこの上ない喜びと、快く仲立ちを引き受けてくれた。とんとん拍子に事が運び、年が明けて春には祝言を挙げる事が決まった。

文化十一年（一八一四）の年が明け、ますが親元で過ごす最後の正月となった。まさが殊のほか気を使って並べた正月料理に、五兵衛とやすは驚いた。やすは、まさの気持ちが嬉しくて孫たちにお年玉を十分に渡し、いつにも増して華やいだ正月を過ごした。

三が日も過ぎようとした夜、まさや女中の様子がおかしいことに気づき、やすが問いただすと、八つになった孫娘つるが高熱を出したという。「吉凶禍福《かふく》は糾《あざな》える縄の如《ごと》し」との格言を思い出し不安に駆られ、一日も早く病が癒えるようにと仏壇に灯明を燈し、手を合わせた。

やすの願いや、五兵衛やまさが手を尽くしたにもかかわらず、つるは三日寝付いた後、あどけない顔で眠るように短い生涯を終えた。

嫁に来て初めて授かった子を僅か八年で亡くし、まさが落胆する姿はやすの目にも痛々しく映り、ますの嫁入り支度を託す事もためらわれた。ところが、やすの気遣いを慮《おもんぱか》ってかまさは、やすが望んだ以上の支度を調え五兵衛をも驚かせた。本家と分家という一類の中での祝言だったが、格式高いものとなった。

二女つるを亡くし、長女ますを嫁がせ、気が抜けたのか、まさは祝言の数日後から床に就くようになった。案じたやすが医者を呼び寄せたところ、見立てで子を宿していることが分かった。まさにとって何よりの褒美だと、安堵したやすは久方ぶりに息子とゆっくり話した。

五兵衛が大きくした回船の商いは、稼ぎも多いが危難に遭う覚悟も持たねばならない。

「父様が、気苦労続きに耐えかねてやめた商いを、お前様がいつまで続けていけるやら」

「母様の心の内は、肝に銘じて商いますて」

船が出ると心が休まらない息子を案じて諭すやすを、労わるように五兵衛は頷く。

そんな息子の顔を見てやすは、年寄りの世迷言と思われたのではと口を噤《つぐ》んだ。

そうしたやすの懸念が現実となる。夏の初めに、南から航海中の材木船が時化《しけ》に遭い、木材八百石を海に捨てた船乗りたちが、命からがら宮腰の湊へ帰ったと聞かされたのだ。

初めての厄難が商いの損失だけで済み、人も船も無事だったのが幸いと五兵衛は安堵した。その姿に、この先にもあるであろう息子の労苦を案じ、やすは仏壇の前に座った。

やすや五兵衛が気遣う中で、まさが産み月を迎え、今年最後の北へと回船に出る船を見送った五兵衛が帰るのを待っていたかのように、まさが二男佐八郎《さはちろう》を産み落とした。


銭屋が始めた回船の商いは、回船問屋が多い宮腰でも大いに取り沙汰され、通りがかりに店を覗いて声を掛ける一類の者や、珍しい品を商うとの噂を聞いて金澤から訪れる受け売り人など、店先はいつも活気に溢れていた。

「兄じゃは無理をして、いつか痛い目を見なきゃいいが」

時折顔を見せる又五郎が、皮肉交じりに話す。

「船も増えて人も増えりゃ、無理を承知でしなけりゃならん事もある。大事の時には弟のお前たちが支えてやってくれ」

手を合わせるやすの願いに気が回らぬ又五郎は、宮腰の船持ち衆が兄五兵衛をそしる声を、繰り返しやすに聞かせた。

又五郎の話は、全て五兵衛を羨むうえでの事とは思うが、孫守りしか役立てぬ身では、「人にとやかく言われぬように」など、今まで以上に息子を諭す術も無い。

この先は、まさが五兵衛に言い含めてくれるだろうと、ともすると商いばかりに目が向く、行く先の不安な息子をやすは思いやった。


五兵衛への思いを胸に抱いたやすは、文政と年号が変わった年（一八一八）の六月十八日朝、起きて来ぬ姑を心配して部屋に来たまさに、目を閉じているのを見出された。

やすの葬儀は、昨年生まれたばかりの五女のふを抱えたまさに代わり、本家に嫁いだますと五兵衛が執り行った。藩の御用も務める五兵衛の母の葬儀とあって弔問客も多く、祖母に可愛がられたますの憔悴《しょうすい》した姿が人々の涙を誘った。

「無理をしたら、いつか綻《ほころ》びる日が来る。身の丈に合うた生き方をせなならんぞ」

常日頃、母やすから聞かされていた言葉を、五兵衛は思い起こした。

「海の彼方に待っている何かが、今は儂の心を捉えてならん。母様、心のままに生きる事を許して下され」

棺の中で眠るような母の耳元で、五兵衛が最後に囁《ささや》いた。

まさ

時は文政の頃。

「この前行って来た江戸という町は、宮腰の何ぞ倍も賑やかしい町やったぞ」

「父様、今度行く時は一緒に連れてって」

「一緒に連れてって」

「連れてって」

珍しく手が空いた五兵衛が、十二になった喜太郎と、六つの佐八郎、四つになった五女のふを相手に、春に訪れた江戸の話をしている。襖越しに聞いていたまさは、床の中で、やっと眠りについた六女としを胸元から離し横に寝かせた。

姑やすが亡くなる前の年にのふが生まれ、今はこの秋に生まれる子を身ごもっている。四年の間にはとしも授かり、辛い別れや喜びの出会いもあったが、六人の子に囲まれ、夫が望んだ回船の商いも首尾よく運んでいる。陽だまりの中に佇むような幸せがこの先も続くようにと祈りながら、まさはいつしかまどろんだ。

遡る事十五年、文化三年（一八〇六）の夏。二度までも妻に先立たれ、八つの娘まで抱えた三十四の五兵衛の元へ、三つの息子常吉を連れた十九のまさは嫁いだ。

金澤から、真っ直ぐな道が続いた先にある宮腰には、加賀藩の米や物資を大坂へ運ぶ湊があり、その中心の味噌屋町で商いをする銭屋の七代目が相手だという。金澤百姓町で扇屋を商っていたまさの親は、商いが嫌いではなさそうな娘の様子と、相手の諸々《もろもろ》の事情が、子連れの娘が肩身の狭い思いをしなくてよさそうと、話を進めた。

精一杯の支度をして嫁がせた銭屋は、五兵衛が番頭と二人で質屋と古着屋を商い、二人の弟たちはそれぞれ独り立ちしていた。

娘に良かれと思う親の心を受け、一方ならぬ心掛けで嫁いだまさは、祝言の席で耳にした五兵衛の人となりや、町の組合頭を実直に務めているとの話に、この先は、先立たれた方々の分も負うて銭屋のため五兵衛を助けていこうと、改めて思いを胸に納めた。

弟に譲り渡した旧宅がある下通町や近隣の町には一類の方々が多く住み、一類の中でも五兵衛の信頼は厚かった。

嫁いだ翌日から立ち働くまさの姿は、新しい家族の目にも好ましく受け入れられた。

まずは、娘となったますが事あるごとにまさの元へ来て、孫娘ますを探して姑が顔を覗かせる時もあった。

　独り占めしていた母を奪われ、寂しそうにする常吉に、

「宮腰の海には何艘もの船が浮かんでいるが、見に行くか」

と五兵衛が声を掛ける。手をつないで海を見に行く二人の姿が度重なると、夫の心遣いが嬉しくて、いつしか心を許している胸の内に気づき、独り頰を染めるまさだった。

　打ち解けたまさに五兵衛も心を開いた。

「この頃は宮腰も賑わうようになって、今の商いでは宮腰で銭屋は取り残される」

　何事も父に相談しての商いに、気を揉んでいる姿を見せるようになった。

「舅様は、貴方に良かれと思うて言って下さるのでは。それでも貴方様がお望みの商いがあるのなら、この後は、お側に居てお力になる心積もりで」

　まさは五兵衛を引き立てた。まさは、ひと回り以上も年上の夫が愛おしかった。そっと身を寄せると、五兵衛は小柄なまさを腕の中に納めるように抱き寄せた。

　仲睦まじく店に立つ二人を見て、舅や姑も安堵したようだった。そのうえに子供たちの笑い声も聞こえる銭屋では、朝から晩まで和やかな時が流れた。

　翌年まさは、嫁いで初めての出産で女の子を授かり、つると名付けた。

「生まれる子が男の子ならば、この先、銭屋にとって厄介の種になるやもしれぬ。血筋でない常吉は、その時には手放さねば」

そう心に決めていたまさは、つるを胸に抱いた時、手放さずにすんだ幼い常吉を思い、仏に手を合わせた。

二人の子供たちにとっても、赤子を見るのは初めてだった。まさの横で眠るつるの顔を日に何度も見に来て、孫たちを連れ戻しに顔を見せた姑が一緒に座り込むこともあった。落ち着かないまさは、産後の肥立ちも良かったことから早々に床上げした。

そんなまさを気遣う五兵衛が寄り添う姿は睦まじく、それを見た一類の一人の話が、いつしか皆に取り沙汰されていた。

「内輪が仲良く暮らすのが一番」

嬉しそうな姑に褒められる。

「子は一門の宝や」

珍しく舅からも声を掛けられ、まさはかつてない幸せを噛みしめていた。

唯一《ただひと》つの気掛かりは、時折覗く店の中で、番頭が立ち働く姿を横目で見ながら、重ねた古着を前に所在なく座り、欠伸《あくび》をかみ殺す五兵衛の顔だった。

その際に思い出されたのは、祝言の席で『能登舟漕ぎ唄』を謡った男と話していた五兵衛の弾んだ声で、後にその男が、舅が回船業を商い始めた時から仕舞う最後まで居た、船頭半四郎だと教えられた。

「その頃の航海の話や、今乗っている船や、海の話を聞かせてもろてる」

五兵衛は秘め事を打ち明けるようにまさに話した。その時の五兵衛の顔は、少年のように生き生きと輝いていた。

乳呑み児や、二人の子供たちの世話に明け暮れるまさだったが、日に一度は店に入り、番頭に話し掛け、品定めのお客様のあしらいなどをして、店の商いが引き立つようにと五兵衛の力添えをした。

つるが乳離れするのを待っていたかのように、再びまさが身ごもり、文化六年（一八〇九）には、五兵衛にとって初めての男の子喜太郎を授かった。予《かね》てより覚悟していたまさは、連れて来た子、常吉を寺に預けるため、六つになり分別が付くや付かずの常吉に話して聞かせた。

「母が選ぶ道が、お前にとって良いか悪いか今は分からぬ。それでも、お前の先行きに陽が射すようにと願っての別れ。辛い時には母を恨んでも、銭屋の父様は決して恨むでない」

突然聞く母の話に、訳が分からぬような常吉は、

「いつ母様とお寺へ行くの」

と、二人で寺へ出かけると言った母の言葉が嬉しくて、無邪気にまさの顔を見た。

常吉を可愛がっている夫に告げるのは一日延ばしにしていたが、床上げをして日を置かず、まさは五兵衛に外出《そとで》を請うた。

「越前の寺から常吉を迎えに来るので、今から里の菩提寺まで出かけてきます」

聞かされた言葉に驚く五兵衛へ常吉に挨拶させたのも早々に、まさは常吉の手を引いて逃げるように銭屋を後にした。

先の縁組で夫が先立ち、乳呑み児常吉を抱えて残されたまさが、先行きが心細くて救いを求めたのが、嫁入りの時に世話になった里の菩提寺の坊守さんだった。

「仏の導きが必ずやあると信じ、感謝を忘れずに日々を過ごせば、いつの日か道は開ける」

説かれた言葉を支えに生きて今の幸せを授かった。此度《こたび》も常吉を思う胸の内を坊守さんに打ち明け、勧められた話に縋《すが》った。

寺に着き、坊守さんに挨拶した常吉は、坊様になるのだと聞かされ泣き出した。泣いている常吉を見て、まさは堪えていた涙が止まらず、思いを振り切るように寺を後にしたが、常吉の泣き顔が瞼の裏に張り付いて足が進まなかった。

やっと家に帰り着いたまさは、銭屋で三年余りも世話になった常吉を、舅や姑に挨拶もさせなかった事や、連れ立つ二人を不思議そうに見ていたますにも声を掛けなかった事に思い至った。決心が揺らぐ前にとの思いばかりが先に立ち、呆気なく常吉を去らせたと悔やんだ。

この別れが、二人にとって良かったと思える日が迎えられ、常吉には仏のご加護が必ずやあると信じ、これからも夫と銭屋を盛り立てるのが自らの務めと、まさはわきまえた。


文化七年（一八一〇）に、商いを質屋だけとした五兵衛が、冬になってまさに告げた。

「質草で百二十石の古船を預かった」

夫の顔はいつになく嬉しそうだった。

「その船で海へ乗り出すおつもりで」

「貸した金は返しに来るか来んか分からん。それに海への思いは、父様にはなかなか聞き入れてもらえん」

訊ねるまさに応えて、五兵衛の顔がゆがんだ。

年が明け二月になると、五兵衛が出かける事が多くなり、このところ気分の優れないまさは、夜更けて帰宅した夫を床の中で背を向けて迎えた。

まさの背越しに五兵衛が声を掛けた。

「やっと船を手にする事となったぞ」

振り向いてまさが目にしたのは、濡れた着物を脱ぎながら震える夫で、慌ててまさは起き上がった。

「これからが正念場や」

呟いた五兵衛がまさを抱きしめ、崩れるように倒れ込んだ。やがて、ほっとして心づいたのか、上気した顔で五兵衛が話し出した。

「雪の積もる川岸に置いてある古船を見ようと、船頭の半四郎と、半四郎が仲立ちの大工を連れて行った。外回りを見ている時に雪が降り出し、三人で船の中を見て話し込み、話が終わり外に出ると、いつしか降り積もった雪に驚かされ、三人共に雪の中をようようの思いで帰った」

床の中で、五兵衛の冷えた体を温めながらこの話を聞いていたまさは、いつしか話に引き込まれ、この人にとって、海での商いは幼い頃からの夢で、夢をかなえるためには、困難も力の源としているのだと思った。

「貴方がなさることに物言いは致しませんが、必ずや、貴方様を待つ者が居る事をお忘れないように。海へ出ても家族の元へ帰る事をお約束下さい」

諭すように囁いて、まさは五兵衛の胸に顔を埋めた。

「幼子を抱えたうえに、寝たり起きたりの舅や厳しい姑に仕えるお前が、このところ外へ出る事が多い儂《わし》を見て、気を揉んでいたと思う。労りの言葉も聞けず、切なかったろう。すまなんだ」

最後に耳元で囁いた五兵衛が、まさの背に手を置いた。

予《かね》てより手筈を整えていたものか、古船の補修を早々に終えた五兵衛が、半四郎を船頭として、半四郎が連れて来た若者と三人で、いつの間に取り集めたものか米を積んで、回船の商いに宮腰から船出した。

店先で切り火をして、まさは五兵衛を見送った。

「船を持っての商いで、再三にわたり苦労した父様が、『回船の商いだけはするな』と五兵衛に言うてたのを、まささんは知らんでか」

横で見送る姑に問いただされ、五兵衛の思いを告げなくてはと、まさは言葉を探した。

「『父様に盾突くつもりはないが、我意を通して申し訳ない』と五兵衛さんが」

そう言い出したまさだが後が続かず、姑の顔が瞳の中に潤んで見えた。

春の彼岸に、義弟たちが親元を訪ねて来た。

「『銭屋は、あんなぼろ船で何処《どこ》まで行ったのやら。帰って来るか来んか見ものや』と、船出を見た町の人たちが言うて、顔を合わすたびに嘲笑《あざわら》っとる」

五兵衛の回船を取り沙汰する宮腰の町の様子を話す声を襖越しに聞いたまさは、五兵衛を見送ったその日から、無事を祈って通い続ける大野湊神社の神様に、縋る思いで手を合わせた。

五兵衛が船出してふた月が過ぎ、出立前に打ち明けられた大坂へ向かったに違いないとまさは思った。店に出ると番頭にもの言いたげな目で見られ、舅や姑が、もどかしい思いで五兵衛を待っているのも分かり、外へ出たがる子供たちを宥めながらの日々を、針の筵《むしろ》に座らされているような思いで過ごしていた。

この頃になると、宮腰の湊から回船の商いで船出する船も多くなり、二月に湊を後にした五兵衛の事は町の人も口にしなくなったが、姑に問いただされそうな気がして、まさは喜太郎を抱いて店に座る日が続いた。

そんな春の夕暮れ時、店でまさが喜太郎を抱きあやしていると、突然入って来た四十余りの男が、立っているのもやっとの姿で番頭を怒鳴りつけた。

「だいぶ前に湊から出たという、銭屋の船はどうなっとる」

男の大声に、まさは居すくむ番頭を見た。

「よろしかったらこちらでお話を」

「ねんね抱いたおなごに分かる話でない」

喜太郎を抱いてまさが声を掛けると、酒に酔ってか怒りのためか赤く染めた顔で、目を三角にして睨みつけた。

「おなごといえども、銭屋の留守を預かる五兵衛の妻です。何なりと仰って下さい」

「ぶらぶらしてた倅が、銭屋の船に乗る言うて儂ら喜んでた。それが何処へ行ったか分からんまま帰らにゃ、心配して女房は泣くし。このまま帰って来なけりゃどうする」

毅然として応じるまさに気圧されしたか、男の声が尻すぼみに小さくなった。

酔って足元も定まらない男が、若者の親だということをまさは知った。

「五兵衛も子を持つ親ですから、子を思う親の心は充分に分かっております。お預かりした息子さんは、必ずや親御さんの元へ返すと思いますので、どうか今しばらく待ってやってくれませんか。初めての船出で、ご親族の皆様もご心配でしょうが、決して無理はしないはず」

喜太郎を抱え直したまさの、やんわり話す声に、勢い込んで来た男は我に返ったようだ。

「ご足労をおかけして」

番頭を呼び、銀二匁を包ませ男に渡すと、それを手にして酔いが醒めたのか、男はしおらしく頭を下げ出て行った。

「一日も早く帰って」と声が漏れそうで、まさは喜太郎を抱きしめ顔を埋めた。

そうした五月も半ば頃、番頭の呼ぶ声でまさが店に出ると、

「湊に、朝日丸と染めたのぼり旗立てた船が入ったが、五兵衛さんの船やろう」

息せき切って告げる男が居て、まさは男について湊へ駆け付けた。揺れる船の上からまさを見つけ手を振る夫の姿が目に入り、思いが込み上げ、まさは顔を覆ってその場にしゃがみ込んだ。

船を降りまさの元へ近づく、五兵衛の自信に満ちた顔と足取りから、夫が自身の生きる道を決したと見て取り、この人に寄り添い支えて行くのが我が身の幸せと、まさの思いは高まった。

五兵衛の帰りを待っていたかのように、舅弥吉郎が、六月五日に七十でこの世を去った。

そして、夏を迎える頃となった。

まさから、ややを身ごもったようだと打ち明けられていた五兵衛が、

「加賀藩の縛りが緩んだ今、蝦夷の干し鰊を買い付けるため、宮腰の回船問屋に先んじて、九月には蝦夷へ行く」

商いの勝負どころとして、秋の海へ船出する事をまさに告げ、すでに手筈も整えていた。

五兵衛の話はいつも突然だが、時世・時節を見定め、海況なども調べ尽くし、人の一歩先に果敢に挑む。そんな夫に、まさは異を唱えられなかった。

「義父様が亡くなられ間もなくて、貴方の回船の商いには不安ばかり抱く義母様に、得心されるようなお話をなさらねば」

「本当にまさは気が利いておる。この先の商いはお前無しではできんな」

促《うなが》すまさに、五兵衛がおどけるように言って立ち上がり、部屋を出ていく後ろ姿を見て、姑が快く聞き入れて下さるようにと、まさは念じた。

まさや姑など、残された者たちが祈る日々が過ぎ、屋形いっぱいに蝦夷の干し鰊を積んだ五兵衛の古船が、十月半ばの穏やかな宮腰の湊に帰って来た。一年の商いを終えている同業者たちは驚き、それはやっかみや賞賛の声として、まさの耳にも届いた。けれどもまさは、五兵衛の無事な姿を目にした今、安心して子を産めるのが嬉しくて、次に五兵衛が何を言い出すか、思いなすのも楽しかった。

銭屋にとって、目まぐるしく月日を重ねたこの年も師走となり、産後とはいえ慌ただしい年の瀬を送っていた。

「質屋を畳んで回船の商いに専念する」

まさがもしやと思った通り、赤子に乳を含ませている横へ来て、五兵衛が告げた。

「宮腰奉行から当地の銀仲棟取を命じられたが、質屋から回船問屋に商い替えをして直ぐとは、荷が重い」

耳慣れぬ役付きに首をかしげるまさに、おもむろに五兵衛が口を開き、その役割を丁寧に説いてくれた。

「侍たちが大名から貰った知行米を買い、米商人に売る仲買人に、金持ちから集めた金子を用立て、手間賃を取る商人を加賀では銀仲という。集めた金子が及ばぬ時には、己の金子で用立てねばならぬお役目で、加賀藩は、藩士が困る事なく藩も潤うため、財産や力のある者に銀仲を命じている。また命じられた商人は、藩に認められたとして生業も商いやすく、これを機に役人との繋がりもできる、名誉と利益を兼ね備えた役目なのだ。得難い仰せ付けなのだが、何故この大役が回船を始めたばかりの銭屋に」

「これからの商いに資するならば、悪い話とは思いませぬが」

渋い顔で話す夫に、まさが応えると、

「断りもできぬな」

吹っ切れたように、五兵衛が妻を見て頷いた。

文化九年（一八一二）正月、奉行所への年始を済ませたと言って五兵衛が、浮かない顔で襖を開け部屋に入った。

「『宮腰の行く末は銭屋にかかっておる』との、励ましの言葉なぞいただけましたか」

夫が脱いだ羽織を手に受けながら、まさが掛けた労いに、

「此度も、難しい申し出を聞かされ帰ったと知りながら、まさには敵わん。顔つきも

風格が出て、すっかり銭屋のお上になったな」

言葉を返した五兵衛が、まさの顔を見て笑みをこぼし、銭屋の先々代が材木を商っていた事を盾に、今一度、宮腰の材木商となるよう言い渡されたと打ち明けた。

「藩が運上金を取り集めるため、他にも三軒に材木問屋を申しつけたようで、銀仲棟取に続いて、またもや無理難題を仕掛けられた」

唇を噛む夫の顔を見て、まさは言葉を探した。

その後、寝付けない夜を過ごした五兵衛が、断りのために奉行所を訪れている事や、それが受け付けられず戻る姿を、まさは見ていた。

回船業を始めたばかりの五兵衛が、商いを成功裡に収めたとはいえ、二度の回船でいかほどの利得を得たと奉行所は思っておいでか。五兵衛の胸の内を思うまさは、煮えたぎる怒りを覚えた。

思い惑う五兵衛の元へ、一類の長老が来た。

「若い本家の主や一類のため、この度の申し付けを断ってはならぬ」

長老の一言で、五兵衛は奉行所の申し付けを聞き入れる事を決め、材木専用にと八百石積みの使い古した船を一艘、もう一艘は三百石のこれもまた古船と、二艘の船を買い、三百石の船は朝日丸と共に、米の回船に用いると告げた。

春から夏にかけ、二艘分の木材を宮腰に運ばせた五兵衛は、木材の積み出し港である南部の野辺地や、津軽の鰺ヶ沢に、売り手との掛け合いや買い付けをする番頭として、地元の者を雇う事を思い立った。

「その地の気運を読み取り、商いの対処もできる者を寄港した湊に置けば、回船の商いがより利を生むことを、米を積んで最初に商った大坂で学んだ」

海運の商いの中で身につけた英知をまさに聞かせ、それと同時に五兵衛は、海での航海が二月過ぎから十月半ばまでできると知って、渋る船頭を説き伏せて、航海の数を増やす事も行った。

一年に幾度航海しても、船頭三両、三役二両、水主《かこ》一両、炊《かしき》二分と決められている一年の給金に、多少なりとも上乗せする事や、水主たちが船に品物を持ち込んで商う「ほまち」や、積み荷の積み降ろしを誤魔化す「切り出し」にも目をつぶるとの約束で、船乗りたちを承知させていた。

この年、銭屋の商いは思いのほか順調で、まだ乳離れもせぬ三女志けを抱き、

「年が明けて春になったら、またややが生まれます」

まさが夫に、身ごもった事を告げた。

文化十年（一八一三）が明け、二月になると、奉行から五兵衛に諸算用聞上役の命が下った。否応もなく引き受けた五兵衛は、お役目に落ち度無きよう務めていたが、春になって宮腰奉行所から、銀九貫（百三十三両程）の御用金が命ぜられた。

「到底受けられぬ申し付けだ」

　奉行所から帰って、声を震わせまさに吐露した五兵衛が、五月早々には断るために奉行所へ出向いたと、後になってまさは知らされた。

　五兵衛は覚悟を決め奉行と掛け合い、見返りとして、西洋流に船を走らせる技法を指南する学者に会いたいと申し出て、五兵衛と引き合わせる学者宛ての書状を奉行に書かせると、かつて藩から返された事のない借用証の先に奉念書を求め、御用金用立てを受けてきた。

　実を言えば、五兵衛が指南を受けたかったのは、四年前に十二代藩主斉広《なりなが》が江戸から招いたと伝え聞く、天文学・数学・地理学など新しい近代科学を修めた、本多利明だった。

　その当時から五兵衛は、海に関する事や新しい世の中を学びたいとの憧れがあったが、喜太郎の誕生や常吉との別れで機を逸《いっ》していた。翌年になって、本多利明が江戸へ帰った事を知り、いつか機会があれば、新しい天文・航海学や外国事情を学びたいとの思いがあった。

　奉行所から帰って数日後、奉行の書いた書状を持って、本多利明の教えを受けた禄高百五十石の藩士長谷川猷の、金澤城大手門そばにある屋敷を訪ねていた。

「近頃の父様は、何処へ何しに行っておいでかねぇ」

到底受けられぬと言っていた御用金を引き受けた五兵衛が、度々出掛ける姿を見ていたまさが、胸に抱いた四女せいに繰り言を漏らした。

「五兵衛が、銭屋の商いを確かなものにするとの思いを、まささんが一番得心しとるがでないがか。出かけるといっても、あんたに隠さなならんところでないがやろ」

「旦那様の望みは重々承知しながらも、幼子の世話や細々《こまごま》した事で苛立って、ついつい愚痴が出てしもて、本当にお義母様の仰《おっしゃ》る通りです。堪忍して下さい」

繰り言が耳に入ったか、姑に諭されまさは詫びた。志の高い夫が、そこに向かって学び進むと知りながら、いつしか忘れかけたとまさは気付き、眠れぬまま改めて姑の元へ詫びに訪れ、姑と共に五兵衛の思い入れの強さを心に留めた。


商いが大きくなり出入りの人々も増える中、師走を迎えた店先で、本家の与三八を見かけたと、姑が嬉しそうな顔をしてまさの元へやって来た。

「ますの相手に、本家の与三八さんが良いと思わんか」

「本家の与三八さんを、ますのお相手にとは」

「ますも十五になって、そろそろ考えな」

姑から突然問われ、図りかねていたまさは、続けて話した姑の言葉で、十五になった孫娘ますの先行きを気に掛けている姑の思いを知った。

ちを」

「本当に、与三八さんとなら良いご縁で。早速旦那様に相談し、どなたかにお取り持
　早々に話を進めると、まさは姑に約束した。

　本家の息子と五兵衛の娘を娶わせる話は、一類にとってこの上ない喜びと、快く仲立ちを引き受けた長老が、滞りなく事を運び、年が明け春を待って祝言を挙げると決まった。

　文化十一年（一八一四）元旦、最後の正月を過ごすますが喜ぶようにと、まさが並べた正月料理は、ますだけでなく姑や五兵衛も驚いていた。生さぬ仲の娘とはいえ共に過ごした年月を振り返れば、嫁《とつ》がす喜びや寂しい思いは姑たちと同じ。暮れの仕込みから殊更に心を込めた料理が、皆に喜ばれてまさは嬉しかった。

　ところが、三が日の夜になって、八つになった二女つるが高熱を出し、五兵衛やまさが手を尽くしたが、三日寝付いた後の七草を前に、あどけない顔で眠るように短い生涯を終えた。春の慶事を控えている事もあり、まさが銭屋へ嫁いで最初に授かった子の野辺送りは、内輪だけでひっそりとすませた。

　位牌に手を合わせて思い出すのは、次々と産まれる弟や妹に母の膝を取られ、座るまさの背中に凭《もた》れ甘えたつるの匂い。五兵衛との最初の子を亡くした事は、日に日にまさを気鬱にさせ、これからという時にと悔やんでも悔やみきれずにいた。

「裏木戸の所に坊様が立って、お経を上げ終えると、奥様にこれを渡してほしいと」

初七日も過ぎたある日、女中がまさに告げ、包みを手渡された。

経をしたためた包みを開くと線香があり、常吉が妹つるの弔いに来たと知ってまさは狼狽《うろた》えた。後を追うてもやむないと気を静め、常吉やつる、春にはますが手離《たばな》れする寂しさを、何かと多用な夫に話す間もない歯痒さに焦れた。

やがて、自らを奮い立たせるように、まさはますの嫁入り支度にひたむきとなり、申し分のない支度を見て満足気な姑や、思った以上と驚く夫の顔を見て、役目を果たせた事に安堵した。

祝言も首尾よく終わった数日後、疲れもあったまさは、つるを失い、ますまで居なくなって気が抜けたのか、起き上がれない日が続いた。姑が頼んだ医者から子が宿った事を告げられ、姑や夫には気恥ずかしいと思ったが、つるが帰ってきたようで嬉しかった。

そうした夏の初めに五兵衛は、回船を商って初めての厄難に遭遇した。

南から航海中の材木船が時化《しけ》に遭い、木材八百石を海に捨て、命からがら宮腰の湊へ帰ったとまさは聞いた。

「商いの損失だけで、人も船も無事で良かったではありませんか。回船の商いは、一歩間違えれば身代を潰すと聞いていますが、これだけで済んだなんて、貴方には運の神様が付いておいでで」

ゆったりと微笑むまさを見て、気落ちしていた五兵衛の心が救われた。

この年、北へ向かう最後の回船が宮腰の湊を離れ、船を見送った五兵衛を待っていたように、銭屋にとって二人目の男の子となる佐八郎を、まさが産み落とした。

当時の宮腰には回船問屋が何軒もあり、二月十一日の起舟祭を済ませ、大坂へと旅立った宮腰の船乗りたちが、冬の初めには、一年の商いの上がりを抱え帰っていた。

五兵衛が回船の商いを始めるまで、残された家族が無事を祈って待つ姿を見て、まさは、たとえ身代が大きくなろうと羨ましくないと思っていた。それが、望みを叶えた五兵衛が活き活きと商う姿を目にし、今では宮腰でもひと際賑わうようになった店先に立ち、これから先どんな世界を見せてくれるか思い巡らすと、まさの胸は弾んだ。

悲喜こもごもの月日を重ね二年が過ぎ、年号も文政と変わって、誕生前の五女のふを育てている中で、六月十八日に姑やすが旅立った。

＊

まどろみの中で、銭屋へ嫁いでからの十五年が走馬灯のように蘇り、目覚めたまさは、顔を覗き込む五兵衛を見て驚いた。信越から日光と江戸を見て東海道を経て、ふた月かけての旅から帰った夫の、五十を前にしてなおのこと男らしさが漂う顔を見つめた。

「旅の日々や事々を書き留めたので、せわしいだろうが目を通せぬか」

気兼ねそうに夫は乞う。

「喜んで見せてもらうわ。貴方が過ごした旅の毎日が楽しみやわ」

五兵衛から手渡された『東巡紀行』と記された綴《つづ》り物をめくり、まさが目を留めたのは、共に旅立った人たちと詠んだものか、五兵衛が三十半ばから嗜《たしな》んだ俳句だった。

五兵衛から聞かされた話では、まさと連れ添う前の数年は色々な事を学んだそうで、俳諧の道は、加賀の俳聖の一人といわれる櫻井梅室《さくらいばいしつ》に教えを乞い、商いの道では、経世家として名を知った海保青陵《かいほせいりょう》の「現実の社会を客観的に捉え、人間誰しも持つ利己心を商いに向ける」との言葉が、胸に残ったそうだ。

この節、加賀藩が「津留《つどめ》」で制限する人や物を、時勢を見て、他藩と行き来するのを許せば、宮腰の湊は益々繁栄し商家が富むだろう。商家が富めば藩の財政を支えられる。

「その日が来るのを信じて、今は藩に働き掛けながら商っている」

五兵衛の話は、まさにとって分かり難いところもあったが、昨今の五兵衛の商いが、宮腰の回船問屋や材木問屋を鼓舞し、それを見た奉行所の人たちが、夫の思いを受け入れてくれるようにと、まさは念じた。

そして、ふた月にわたる旅は、五兵衛が知見をより一層広げるためだったと合点した。

「銭屋に男が三人居れば何かと心強い。今度は男の子が授かればよいが」

まさの隣で眠る六女のとしを見る五兵衛の呟きを聞いて、まさはますとの約束を思い出した。

「母様、今度男の子が授かったら私に育てさせて」

数年前、やっと身ごもった子を失ったますから、手を握られて頼まれた事があり、まさは夫を見て曖昧に頷いた。

やがてまさが、これまでになく辛いお産を経て授かった子は、五兵衛が望んでいた男の子で要蔵《ようぞう》と名付けられた。要蔵を見に来たますからは型通りに労いの言葉を掛けられた。それで、いつしか約束も忘れ、まさが育てて二年が経った。

「大事に育てるから、要蔵を頂けないか」

ある時、本家の与三八とますが、夫婦揃って頭を下げに来た。

「要蔵が乳離れするまでと一年待ってたが、春になってのふが亡くなり、悲しんでいる母様に言い出せなくて、また一年が過ぎてしまった」

ますが涙ぐみながら話す姿に、五兵衛やまさは、物言いもできず承知した。

思えば、のふが亡くなり憔悴するまさに代わって五兵衛が、歩き始めた要蔵を宮腰の海を見せに連れて行っていた。要蔵は父の姿を探して顔を合わせると手を出し甘え、五兵衛はそれが嬉しいのか、抱き上げて連れて行く。暇を見つけて相手をする夫の姿を、床の中からまさが見ている日もあった。

「要蔵は湊で船を見ると、手を引っ張って乗りたいとせがむ」

五兵衛が、珍しく我が子の話をまさにした。

「儂とよう似ておるな」

自らと似ていると目尻を下げ、ことのほか可愛がっていた要蔵を手放した事を、いつまでも悔やむ五兵衛の姿が、まさは見るに忍びなかった。

お産は最後と思っていたまさだが、要蔵を手放した寂しさを埋めるように、三年の間に女の子と男の子を授かった。

「じじ様、ばば様」

ますと共に訪れ、五兵衛やまさに無邪気に甘える要蔵を、いつしか祖母のように見ている我が身の変わりように驚いた。

一方でまさは、長男喜太郎が長ずる姿を見て、寺へ預けた連れ子常吉の姿と重ねる事があり、思いきれない心の内を、五兵衛に申し訳ないと思う時もあった。

「家督を喜太郎に譲る。ついでだが、常吉の先行きも心積もりがあるので案ずるな」

「貴方様の話にはいつも驚かされますが、常吉にまでお気遣いを」

文政八年（一八二五）、回船での商いを終えた五兵衛がまさに告げ、まさは夫の突然の言葉に驚いたが、五兵衛の配慮に礼を言って手を合わせた。

そして十一月、「長男が十七となり、銭屋父祖以来の申し送りとして家督を譲る」として、五十三歳の五兵衛が、長男喜太郎への家業相続を肝煎《きもいり》に願い出て、肝煎と名を連ねて宮腰町奉行所への申し出となった。

これより商いの多くは喜太郎の名を用いる事となったが、物事を定めるために番頭や船頭たちと毎月集い、才ある者を取り立てたり、虚心かつ入念に皆を気遣ったりするのは、未だに五兵衛だと聞かされた。まさは、実情は五兵衛が変わりなく采配するので、大事や小事がある時の判断を、喜太郎は父に頼れると知り安堵した。

当時銭屋の商いで、材木問屋としては、ヒバ材の積み出し港がある南部の野辺地や津軽の鰺ヶ沢で、売り手との掛け合いや買い付けをする地元の番頭が商った木材を銭屋の持ち船で運び出していたが、状況に応じて地元の船を雇い、運ぶ事もあった。

回船の商いでは、加賀藩の蔵米を大坂へ運ぶよう命じられていたが、本来は、寄港地の特産物を安値で買い付け、高値で売れる湊へ寄る「買積み」で、昆布・〆粕・木綿・石材を商っていた。時には、南部藩の御用銅の運賃積みを請け負う事もあり、新たに会津藩と蠟燭《ろうそく》の取引も始めていた。

家業を継いだ喜太郎は、早速に諸算用聞上役と「貯用銀裁許《ちょようぎんさいきょ》」（藩の必要に応じて金銀の融通・貸付ができる御用銀の世話役）の見習を仰せ付けられ、翌年には本役の諸算用聞上役に昇り、併せて過分の御用銀を命ぜられた。家督を継いだばかりの年若い喜太郎が、直ちに奉行所から御用銀を命じられたと聞いて、まさは言いようのない憤りを覚えた。

「近々、藩主斉泰《なりやす》公に将軍家の溶姫が輿入れとの事で、藩は、江戸屋敷に御守殿を建てる掛かりを捻出せねばならず、矛先を銭屋に向けたんや」

此度の入用を五兵衛に説かれ、まさは加賀藩が図る銭屋の立ち位置を知った。

「回船の商いに使う船は、大きいもので千石から七、八百石のものを三隻、中より小位のもの三隻から六隻位で十分。それ以上は持たぬが良い」

日頃から喜太郎に言っていた五兵衛が、十一月に越前・三国の輪通丸、翌文政十年（一八二七）十月には、越中・伏木で新造した輪吉丸を、宮腰の輪島屋と共同で買い入れた。

「父様が、新造した船で下関から長崎の方へ航海に出ると言うとられるが、母様は知っておいでか」

息子から聞かれてまさは、奉行所との対処を喜太郎に任せた五兵衛が、これから先の銭屋の見通しを立てるための船出と思い、仕立てたばかりの羽織を手に、五兵衛の部屋へと足を運んだ。

　畳の上に、覚書や地図を広げていた五兵衛が、部屋の隅に置いた羽織に目を向け、まさに阿《おもね》るように声を掛けた。

「留守を頼む」

「くれぐれも無理をなさらず、お帰りを待っています」

　海への野心がまた一段と高まったような夫の声に応え、まさはそっと襖を閉じた。

　この年も師走を迎え、大坂からの便りで、五兵衛が無事湊へ入った事を知ったまさは、仏壇に灯を燈し、舅や姑に手を合わせ一年を顧みると、姑が時折口にしていた「吉凶禍福《かふく》は糾《あざな》える縄の如《ごと》し」との言葉が思い出され、先々の事を懸念した。

　夏には、本家へ嫁いで十三年経った二十九のますに男の子が授かり、与三八と名付けられた子の横で、弟ができたと喜ぶ要蔵を見て「いずれ打ち明ける時が来れば」と、まさは思った。

　秋になって四男吉蔵が、吐き下しの数日後に、手当の甲斐もなく四年の短い命を閉じ、つるやのふに次いで幼子を亡くしたまさは、我が身を切られるよりも辛かった。

　今思えば、五兵衛の此度の航海は、ますが子を生した時、要蔵に帰って来いと言えずに苛立ち、更には吉蔵までも失って、我が身を責める振る舞いで冬に向かう海に出たものか。日々に追われ、思い至らずに送り出し申し訳なかったと、五兵衛が居る大坂に向かい、まさは手を合わせた。


大坂から五兵衛が帰って、文政十一年（一八二八）の年が明け、家の者が揃って挨拶をすませた後、五兵衛は喜太郎を居座らせた。

「これからは正月に、前年の商いの諸々を書き留めようと思うとる」

五兵衛が告げて『年々留』と記した綴り物と勘定帳を見せた。

「銭屋では代々『歳々鑑』や『年々鑑』というものを書いて残していたが、商いが大きゅうなったので、これからは詳しく書こう思うて」

目の前の真新しい紙に書かれていたのは『銭屋家八ヶ条の家憲』だった。

一条　記録の尊重　記録を大切に、勘定帳面は一子相伝につき、決して他人に見せるな。
二条　経済上の注意　不時不慮のため、常に倹約を心得よ。
三条　奢侈《しゃし》の禁止　奢侈を戒め、商売大切に。
四条　主人の勤勉　亭主たる者は、朝寝をせず率先躬行せよ。
五条　敬仏勤行　先祖・両親・神仏のご加護と肝に銘じ、敬仏信心を。
六条　国法の遵守　御公儀の御法度は大切に、常に忘れぬよう心得よ。

七条　会計の正確　金銀の出入り、毎日正確に処理いたすべき。
八条　家財の購入　分限不相応な家財は無用。

この家憲を、後に五兵衛から見せられてまさは、家督を譲られたとはいえ年若い喜太郎が、父と番頭に牛耳られ物言いもできぬ商いの中、この戒めで一層気後れするのを案じた。

控えめな喜太郎に追い打ちをかけるように、五兵衛は更に商訓として「世人の信を受くべし」「機を見るに敏かるべし」「果断勇決なるべし」との訓戒も加えた。

五兵衛の思いでは、今や幕府や藩はこれまでの仕組みが取れず、やがて商人や物を作る者を重んじる世の中が来る。それを踏まえ先んじての商いをするようにと、息子に奮起を促したのだ。

まさから見ても五兵衛は、今や回船業だけでなく、材木・生糸・海産物・笠・米穀と多様な商いに関わり、それぞれを思い通りに運ぶ稀《まれ》に見る人で、喜太郎の商いがそこに至らないのは仕方ない事。

けれども、喜太郎の人への気配りは好ましく、おっとりとした物腰は人受けが良い。

「五兵衛さんと話す時は気が張るが、喜太郎さんとは心安い」

同業者の間での良い噂を、まさは番頭から聞かされた時もあった。

商いに気が乗らない息子と、それをもどかしく思う夫。二人の姿を側で見て、互いの思いが分かるまさは、取り成す手立てが思い至らず辛かった。

五兵衛とまさを繋ぐ宝として喜太郎を授かったが、次々と生まれる妹や弟に手が掛かり、物心ついた喜太郎とゆっくり話した記憶もまさにはない。大人しいのを良いことに顧みなかった報いと、自らを責めた。

肩の荷が下り、気ままに船に乗っていた五兵衛は、青森への回船の帰りには必ず土産物を持ち帰った。当初は喜んでいたまさだが、こぎん刺しの小物入れや、組紐の帯締めなど、男が選んだ物とは思えず、不信感が募っていた。

そんな時、脱ぎ捨てた五兵衛の羽織を畳んでいると、微かに香の香りがし、引き寄せた袖の片隅に小さな匂い袋が忍ばせてあった。

それとなく回船の仔細を喜太郎に聞くと、青森へ出向いた五兵衛は、船を下りひと月ばかり滞在し、宮腰へ帰る別の船に乗るのが常だと答えた。聞いたまさは落ち着かぬ思いで数日過ごしたが、いつもと変わらず笑顔で話し掛けた五兵衛に、

「香の香りがきついと、貴方様の好きな海の匂いが失せますよ。船頭たちに取り沙汰される前にお納めなされば」

皮肉交じりに進言したが、真顔になった五兵衛を見て後悔した。言い訳もせず部屋

を出てゆく五兵衛の後ろ姿が目に入って、まさは後悔した我が身が腹立たしかった。

それでも日々に追われ、まさは気を取り直していたが、数か月経って、五兵衛が青森を回る船に乗ると聞いた。まさは、銭屋の家紋入りの風呂敷に、これまでとっておいた土産の品々を重ね入れ、一番上に匂い袋を載せ包み込み、五兵衛の荷の上に置いた。一瞥《いちべつ》した五兵衛は、何も言わず丁稚に荷を運ばせた。

一日千秋の思いで待つまさの元へ帰った五兵衛は、きれいに畳んだ風呂敷を、まさの膝元に置き部屋から去った。風呂敷を開いたまさの目に、「今後はご心配なされませぬように」との流暢な文字が映り、何故かしら動悸が止まらず立ち上がれなかった。

「出会いはいつから。どんな話を交わしていたの。貴方にとってどんな人なの」

問いたい事は山ほどあるが、五兵衛の気性を思えば、これ以上の詮索は及び難いと、想いを胸に納めた。

日中は、孫や使用人たちへの目配りで気が紛れるが、床に就くと想い惑い眠りにつけず、隣の床で寝息を立てる夫を見て、幾夜の恨めしい時が流れたか。

「気を揉ませて、すまなんだ」

ある夜、背を向けたまさの耳に五兵衛の押し殺した声が届き、寝返ったまさの顔に夫が差し伸べた手が触れた。

翌朝、薄明かりの中で目覚めたまさは、満ち足りて眠る夫の顔を見つめていた。

こんな年も過ぎ、文政十二年（一八二九）に、喜太郎が「御能方主付《おのうかたしゅふ》」（城内で行われる能楽の町人の責任者）を仰せ付けられた。

「またもや、藩から御用銀の下知があるやも知れぬ」

沙汰を知った五兵衛が予知した通り、翌年にはまたしても御用銀を命ぜられ上納した。

「加賀藩領内では、今まで藩に御用金を一番調達していたのは、石川郡粟ヶ崎村の木屋藤右衛門と、向粟ヶ崎村の島崎徳兵衛の二大富豪やったが、五兵衛の奮闘で銭屋が命じられるとは、一門の誇りや。藩へ上納できるのは、回船業が首尾よい証や」

五兵衛が藩から諸役を命ぜられると、必ず顔を見せに来る一類の長老が、度々まさに聞かせ、長老の喜ぶ顔にまさは愛想笑いで応えていた。

「あの時は、金子の工面に苦慮する、貴方や番頭の話を口走りそうになったわ」

後に五兵衛に話して笑われたが、いずれ喜太郎が同じ苦労をするのかと、まさは案じた。

＊

喜太郎が銭屋の当主となり六年が過ぎた。回船の商いは未だ五兵衛の指図を仰いでいるが、五兵衛と共に、茶道や俳諧の席に出向く事も多くなった。

一日も早く身を固め、商いに専念させたいと思うまさの元へ、墓参りついでに立ち寄ったと五兵衛の弟夫婦が訪れ、取り留めない話の中で、喜太郎の嫁取りの話となった。

五兵衛が、加賀本吉の明翫屋《みょうがんや》へ養子縁組させた弟六郎右衛門の仲立ちで、天保三年（一八三二）二月、加賀本吉屈指の酒造業を商う、明翫屋治兵衛の十七になった娘きわと、二十四の喜太郎が祝言を挙げた。

銭屋の事は本吉でも隠れなく、商いだけでなく茶道や俳諧の道でも名高い家へ嫁がせると、親たちが惜しみなく持たせた輿入れ道具は、荷入れの行列が宮腰でも語り草となり、続く輿入れが人々に取り沙汰されていたが、五兵衛の意を察する喜太郎の言明で、慎ましやかな祝言となった。

嫁や親たちに申し訳なく思うまさだったが、三女志けに、自分の着た打掛を着せ嫁がせた事を思い返した。並んで仏壇に手を合わせたきわが、一日も早く銭屋の家風に添えるようにと願い、明翫屋との縁組で息子の先行きが確かになったと信じた。

きわを娶った喜太郎だが、同業の寄り合いや句会で家を空ける事も多く、夫婦仲を思うまさは気が揉めた。

「お義母様、どうも身籠ったようです」

秋になって、なかなか夏弱りが治らない嫁のきわから恥ずかしそうに告げられ、二人の睦まじさにまさは胸をなで下ろした。

天保四年（一八三三）春、喜太郎夫婦に長女ゆきが授かり、久々に赤子の泣き声が聞こえ賑やかな中、奉行所より喜太郎に「金澤御引替所札尻《かなざわおんひきかえしょふだじり》」（金銀を準備し必要に応じて交換する責任者）の命が下り、藩への金子融通の役を次々課せられる事を、まさは懸念した。

喜太郎に、船を増やさぬようにと戒めていた五兵衛が、回船を手広く商うためと言って船を次々と手に入れ、船頭や水主など雇人も多くなった。皆の無事を朝夕神仏に祈るのがまさの務めとなった。

「船が海に出とる間は、残った者は祈るしかない」

かつて仏壇の前に座る姑がいつも言っていたのを思い出し、回船を始めた息子を案じて手を合わせた、母の心を慮《おもんばか》った。

ところがこの年の夏、慌ただしい様子の店にまさが顔を覗かせると、顔色を変えた喜太郎が目配せし、連れ立って奥に入った。

「蝦夷から戻る船が破船したらしいので、父様の居所を捜しとる」

喜太郎から聞き、驚いたまさは、

「大野村の弁吉《べんきち》さんの所へ、迎えを出して」

息子の手を取り、直ぐに言い付けた。

息せき切って店に戻った五兵衛と、一緒について来た弁吉を見たまさは、盆にのせた冷やした緑茶を勧め奥に入った。暖簾越しに、番頭から手渡された文に目を通す夫の背が震えるのを見て、言い知れぬ不安を覚えた。だが、五兵衛や喜太郎は対処に追われているようで話す機会も無く、気が揉めたまさはその後、顔を合わせた番頭から話を聞き出した。

破船したのは千二百石積みの新造船で、昆布を積んで船溜まりに居たが、激しく吹く寅卯風で砂浜に吹き寄せられ、瞬く間に柱が焼け、取り出した荷や道具を預けた蔵もその後の火事で焼捨した。

船だけでも千両からの損失だったが、幸い船頭や水主十二人は無事と分かり、人知れずまさは手を合わせた。この船が、作事の時から弁吉にも知恵を借りた新造船だったと、暫く経って、事を収めた五兵衛から聞かされた。

忙しい五兵衛が暇を見つけ、まさが用意した米や味噌などの品々を丁稚に持たせ時折会いに行くのが、石川郡大野村に妻と共に住む弁吉だった。破船の知らせがあった日の朝も「弁吉に鰻を届ける」と言って、五兵衛が出掛けるのを見送っていた。

長崎で世話になったと五兵衛から聞かされた弁吉は、京都生まれで二十の頃長崎に行き、理化学・医学・天文・鉱山・写真・航海学を学び、対馬から朝鮮にまで渡って帰国後は京都に帰り、三十になって中村屋に婿入りした。

その後、妻うたの故郷である加賀へ移り来て、長崎での縁を頼りに五兵衛を訪ねて来た。

「この男に、宮腰で暮らすよう勧めとる」

五兵衛から弁吉と引き合わされた時、まさは弁吉の顔が何故かしら心に残った。

「大野村は、食い物が美味いとこやで」

そう言って弁吉は五兵衛の勧めを断り、天保二年（一八三一）より石川郡大野村に住んでいた。

「いつか異国へ船を出す時、儂も乗せてくれんか」

五兵衛と秘かに交わした異国への航海を、催促するように時々五兵衛の元へ現れ、大野村の住まいには「指物お受け致します」と張り紙は貼ったものの、弁吉の腕を金で求める者には見向きもしなかった。気が向くと若者たちを集め、自分が修めた学問を教えて暮らし、落ち着かない暮らし向きに、妻のうたが拗ねて寝込む事も多かった。

そんな時、見ていたように五兵衛が土間に立ち、丁稚が後ろから酒樽を持ち込み、弁吉やうたと挨拶する間もなく、米・味噌・醬油と野菜・魚、それに加えて、季節に合った弁吉とうたの着物類まで、手際よく運び入れた。

「頼んだ覚えもない物を、払う当てもないに押し付けられちゃ困るが」

「儂も商人や、施そうとは思うとらん。今度の航海で使う機器の前払いや」

うたを気に掛けながら小言を言う弁吉と、応える五兵衛。芝居のような二人のやり取りを、うたが涙を浮かべ笑って見ていた。

この話をまさは、五兵衛と航海に出た弁吉が四月経《よつき》っても帰らないと、心配して銭屋へ訪れたうたを宮腰の海岸へ誘い、色々な話をする中で聞いた。

うたは、親の故郷とはいえ親しく話す人も居なかった日々を、堰を切ったように話し、まさは、弁吉とうたが弟夫婦のように思えた。

「回船に出て戻らない時はここへ来て、何処かの海の先で元気でいると信じ、波音を聞き心を休ませてる。うたさん、寂しい時にはいつでも銭屋に来て。また一緒に海を見ましょ」

「そんなん言うてもろたら、甘えて何度でも来ますえ」

まさとうたは、どちらからともなく手を取って約束した。

「自分には到底できない」

弁吉の、何ものにも囚われない生き方を、五兵衛は事あるごとに言っていたが、まさがうたから聞いた中で、胸がすく思いがした話がある。

「うちの人が、大砲や火薬をこしらえる才があるのを、藩主前田様が伝え聞いたと使者が来て、『二十石で召し抱えたい』と言われた。けどうちの人はあっさり断った。『百万石そっくり頂いても、家来となっての城務めは御免こうむる。気の向く時に城へ行くと、殿様に言ってくれ』と言うと、年老いた使いの人が苦笑いして『聞きしに勝る面白い男だのう』と言うて帰った。心配して諫める私に『弁吉は一人。思いも言い回しも、人を見て変えられへん』とうそぶくんやよ」

商いでゆとりが出ると、藩から御用立ての声が掛かる五兵衛。五兵衛に大見得切らせて、海の先の憧れの国へ送り出せたらと、できもしないと分かっていてもまさの心が弾んだ。

諸国との交流を目指す五兵衛が、

「諸々の教えを授かって、相談相手になってもろてる」

弁吉と対面した時に付け加えた言葉を思い出し、弁吉の真っ直ぐな眼差しが五兵衛に似ていた事や、まさに見せた温かな笑顔が瞼の裏に甦った。

「銭屋が、蝦夷で破船して大損した」

宮腰の同業者内の取り沙汰を聞いて、

「此度は本当に痛手やった」

五兵衛が珍しく愚痴をこぼした。

「一人でも命落としとったら、こんなもんで済まなかったのでは。新しい船買うて、陰で言っとる人見返したらいいがいね」

「まさに話すと儂も気が大きゅうなるな」

五兵衛を引き立てるまさの言葉に苦笑いする夫を見て、蝦夷での破船が町でも色々取り沙汰されていると知ったまさは、身を小さくして過ごすのは女たちの務めで、男たちは臆する事なく商ってほしいと思った。

ほどなくして五兵衛は、宮腰の噂を一掃するように、かつて藩から払い下げられた御塩蔵町の土地に、壮大な隠居所を構えた。そして年が明けた正月には、大坂と蝦夷地を回船する先駆者として五兵衛が慕う、箱館の高田屋嘉兵衛の持船「神力丸（千七百石積）」を大坂で買い入れ、同業者を驚かせた。

だが、文政八年（一八二五）より続けていた会津藩との塩・蠟燭の取引が、互いに損失を重ねたゆえに天保五年（一八三四）をもって終わり、またしても五兵衛を失望させた。

ところが四月になって、「昨年の大雨による洪水や、その後の冷害で米がとれず困窮しているので助けてほしい」と、会津藩と共に、多年の取引がある南部藩から依頼を受けた五兵衛は、早速に越前米の買い入れと、これまで同様にと金子まで取り仕切った。この話を後に五兵衛から聞かされたまさは、こんな采配は五兵衛にしかできない事と褒め立てた。

九月になると、弘前藩から勘定奉行他三名が宮腰まで訪れ、津軽地方の凶作を訴え、千両融通の申し入れが銭屋にあった。五兵衛は御蔵米千石の積み出しを引き受け、五百石は兵庫届とし、五百石は大坂届として津軽へ運ぶよう采配し、一行の帰路に持たせる土産には、まさの勧めで落雁を贈った。

文政時代から銭屋が木材を宮腰に移入し、北陸の米や塩と大坂や沖国で仕入れた品々を移出するために支店をも構えた南部津軽地方を、取引先として大切だと思う五兵衛が、喜太郎にも指し示し受け継がせたいとの思いを、まさはこの数か月で改めて察知した。

東北の飢饉はその後も続き、南部津軽の支店から伝えられる話に、五兵衛は心を痛めていたが、他の地での商いは滞る事なく積み荷も多くなり、頼まれて買い入れた宮腰の船や、新しい道具を加え能登で作事した船など、持ち船も増えた。

船が増えると災難も増し、気を揉む喜太郎の姿を目にするまさは、頼まれると放っておけない五兵衛の性分を、再三にわたり息子に言って聞かせた。

五兵衛が四十で材木問屋職に就いた時から、藩に仰せ付けられた諸算用聞上役や、貯用銀裁許、御能方主付等の諸役は変わりなく、家督を継いだ喜太郎も、五兵衛と同様に藩から諸役を命じられていた。事あるごとに御用銀の上納を申し付けられると聞き、銭屋が背負う役回りと承知するまさだが、藩との関わりでいつも苦慮する二人が痛ましく思えた。

そうした月日を重ねていたが、天保七年（一八三六）一月、暮れの頃から寝付いていた本家のますが急変した。知らせを聞いて駆け付けた五兵衛とまさは、眠るように逝ったと聞かされ、ますの枕元で、兄の手を離さない十になった与三八と、母の亡骸《なきがら》を見守る十五になった要蔵の姿を見た。

ますの葬儀を終えてから、夫の話に要蔵の名が度々あがるのを聞いたまさは、十年前、ますに子が授かった時、要蔵を引き取らなかった事を悔んでいた。それでも生前ますが、要蔵を我が子以上に可愛がっていた姿を思い出し、手元に取り戻したい五兵衛の口振りと、本家での要蔵の行く末など思案に暮れた。

この年の冬が過ぎ、六十四の五兵衛が「春に御塩蔵町の隠居所に移る」と言い出した。

三年前に建てた隠居所では、何事にも一途な五兵衛が、京都や伏見・大坂より、名だたる画家や書家を招いて教えを乞い、茶道は京都の裏千家十一代玄々斎宗室に師事し、幾つかある茶室で喜太郎と共に茶を嗜んだ。五兵衛のみならず一類が親しむ俳諧の道では、師の櫻井梅室や著名な俳人が訪れ、俳友を集めての句会を催すなど、絵画や書・茶道に俳諧など多岐にわたり、文人墨客との交流の場として開かれ、金澤の美風が育まれた。

これまで五兵衛は、商いではまだ心許ない喜太郎に力添えする事や、行く末の決まらない子供たちもいて、家督は譲ったが今まで通りまさと共に暮らしていた。

「この先は、商いに精魂を打ち込んでゆく」

先ごろ二十八を迎えた喜太郎が、宣言するように五兵衛に申し入れたのを機に、再び倹約・勤勉・崇仏など商人道を訓《おし》え、四月六日に隠居所へ移った。

「まさ、まさや」

耳元で呼ばれたような気がして目覚めたまさは、夜明け近い薄明かりの中で部屋を見回し、横に敷いていた夫の寝床が無いのに気付き、「いつになったら慣れるものやら」と呟いて、身を起こした。

五兵衛が隠居所に移り半月が過ぎた。今でも何気なく五兵衛の姿を捜すまさを見て、

「母様は、父様が居ないと駄目なようやね」

息子喜太郎が冷やかした。言われてまさは、一緒に来ぬかと誘われた時、行けばよかったと思わぬでもないが、我が子たちの行く末だけでなく、連れ子常吉の行く末までも気遣ってくれた五兵衛に、「この先は船に乗るも良し、風雅に楽しむも良し」との思いを持って送り出し、一人店に残ったからには、喜太郎たちを陰ながら支え、娘たちも嫁がせねばと承知していた。

だが、回船の商いで離れて暮らすのは慣れていたはずが、近頃の寄る辺ない気持ちは何故にと、まさは戸惑いも覚えていた。

その中で、銭屋が多年にわたる物資の回送や金子の融通で功績があったと、弘前藩主津軽越中守より、喜太郎が三人扶持を拝領するといった慶事があった。

「これはひとえに、父様の商いが、損得だけでなく相手方へ配慮した賜物やよ」

満更でもない息子にまさが説いた。


時は過ぎ夏を迎えたが、長雨が続く今年は気温も上がらず、ここ加賀の地でも不作が予想され、早くも小松や加賀本吉で村人による打ち壊しがあったと、喜太郎の嫁きわの里から知らせが届いた。

「金澤でもいつ何が起こるか分からぬので、気を付けるように」

五兵衛からも、喜太郎をはじめとする店の者に伝えられていた中、

「店の前に、道を埋め尽くすほどの女たちがいて、恐ろしゅうて」

娘の手を引いて震えるきわが告げ、まさは騒《ざわ》めきが聞こえる店へと急いだ。

「米をくれ」

「食いもんくれ」

手に笊《ざる》や甕《かめ》を持ち泣きたてる女たちの姿が目に入り、背に負われた子や、手を引か

れた子たちまでもが泣き喚く。

「直ぐ、隠居所の大旦那様を呼びに行っておくれ」

まさが市兵衛に告げ、横に居た女中には、娘たちやきわが奥から出ぬよう伝えさせた。

その時、手代に大戸を下ろすようにと指図する喜太郎を見たまさは、五兵衛が来るまで待つようにと頼んだ。

店の隅から表を見ると、女たちの後ろから市兵衛と五兵衛が来るのが見えた。

駆け付けた五兵衛は店に入ると、まさには一瞥《いちべつ》もせず、

「米蔵を開けて、女たちへ公平に米をやれ」

喜太郎に言いつけた。それに不服顔の喜太郎を、

「宮腰で、銭屋を頼ろうと思うて来た者に、せめて一片食《ひとかたけ》だけでも施そうと思わんか」

と叱りつける。慌てて店を出た番頭が蔵の方へと歩み、後から女たちが押し寄せて行く姿を目で追うと、五兵衛が振り返りざま声を荒らげた。

「喜太郎、船出して国中探して食い物買うてこい」

まさは今更ながら、夫の豪快な気性と、息子をもどかしく思う苛立ちを知る。

「蔵を空にして女たちが帰った」

店の隅で取り成す折を探していたまさの目に、疲れきった足取りで五兵衛に告げる

番頭と手代の姿が入った。

「ご親戚方や使用人たちの、取り置き米も根こそぎで。大旦那様、御用米を藩から申し付けられたら、いかがいたしましょうか」

その後ろから顔を覗かせた市兵衛が五兵衛に尋ね、喜太郎も父の顔色を見た時、

「市兵衛」

まさが声を掛けた。

「地下の、唐物を収めた蔵へ行ってみて」

まさを見た三人が聞くや否や、市兵衛と喜太郎は鍵を手に奥へと駆けた。

「まさが居ての銭屋やな」

後に残った五兵衛が、情を含んだ目でまさを見つめた。

五兵衛の気の優しさや気前の良さは、まさにいざという時の蓄えと覚悟を、良くも悪くも夫婦の歴史と共に育ませた。商いに口出しは許さない五兵衛も、まさのこっそりとする蓄財には目をつぶり、いつしかまさは米や金子を大らかに蓄えていた。

ここ数年の凶作や夏の騒ぎがあって、五兵衛は真剣に食糧調達に取り組み、早くから交易があった薩摩から甘藷《かんしょ》の種芋を取り寄せ、百姓に分配して植えるように薦めた。

「腹持ちがよく滋養に富むと言われたが、この芋は不味《まず》い」

種芋を食べた百姓たちは気に入らず、残りの種芋も植えずに捨て、この噂が広がる

と取り寄せた種芋は売れず、数多く腐らせていた。

喜太郎や番頭たちが反対する中、五兵衛は翌年も取り寄せた。喜太郎たちが思った通り、種芋は売れずに残ったが、それを、出が百姓の下男を師にまさや女中たちと、時折訪れていた要蔵が空地で育てた。秋になって掘り起こした甘藷をまさが蒸《ふ》かし、家の者たちや船頭と人夫たちに食べさせたところ、

「美味い。初めての味や」

評判が良く、この評判は瞬く間に広がり、この年も昨年に続いて不作の中で、昨年は蔵の前に捨て置かれた種芋や、蔵の中に置いた種芋（収穫後の甘藷の中から残した種芋）まで盗まれた。

三年目に仕入れた種芋は、近在の百姓に争って買われた。

「来年は量を増やしてみれば」

二年の損を取り返したのを見て、喜太郎が進言すると、

「儲けは作物作る百姓に委ねて、商人は、百姓と作物の仲立ちで充分や」

五兵衛は、米の代わりになる甘藷が、皆に作られ始めた事を喜んだ。

五兵衛の言葉を市兵衛から聞いたまさは、商いへの思いが噛み合わない父と息子の隔たりが気掛かりだったが、孫としか呼べない要蔵と一緒に畑仕事ができた喜びと、要蔵を愛おしそうに見ていた五兵衛の姿を思い出した。だが、喜太郎に二人目の娘が

生まれた二年前、喜太郎と二男佐八郎を養子縁組した五兵衛の、心の内が図りかねた。

百姓たちを思いやる五兵衛の尽力を知らぬかのように、加賀藩は、藩吏五名の名義を以て、銭屋へ六百両の調達を申し入れ、天保九年（一八三八）より十二年までの借入で、返済は毎年米二百五十石を渡すと約束された。銭屋は、二百両、四百両とふた月に分け上納し、その折に苦渋の決断をした五兵衛や、父の決断に盾突く喜太郎を見てまさは案じた。

「銭屋は、宮腰の浜から金澤城まで、二列に敷き詰めても余りあるほど小判があると言われた。なのにどうして、父様はいつも私たちに、慎ましく過ごせと言われるのか」

「『抜け荷で儲けた銭屋は、小判の下だ』と、町で取り沙汰されているらしい」

娘から聞かれる事や、使用人が聞いた話だと嫁のきわから伝えられる事もあった。

日頃は殊更気を配り、簪《かんざし》も挿さず着る物も控えめにし、飢饉で窮する人に良かれと総出で畑仕事に励んだが、なにゆえ世間はかような見方をするのかと、まさは虚しかった。

そうした時まさは、五兵衛の隠居所へ要蔵が時折訪れていると、女中から聞いた。

隠居所住まいとなっても五兵衛は、藩からの負担という名の無心に対処し、抗う長男喜太郎を説き伏せ促す事で気が休まらなかった。宮腰の呉服店「加州清水店」の商いを任す二男佐八郎もいるが、本当は、二人より弁が立ち好ましく思う三男要蔵を、本家から引き取り一人前にしたいと五兵衛は望んでいる。そのことを重々承知しているまさだが、今はそれが喜太郎の耳に及ばぬようにと心を砕いた。

天保十一年（一八四〇）七月、大飢饉後の藩財政立て直しのため、藩の重鎮となった奥村栄実《おくむらてるざね》に、五兵衛は屋敷への出入りを許された。

天保十五年（一八四四）九月、奥村家からの帰りだと五兵衛は店に寄った。

「またもや御用金の用立てを頼まれ、承知してきた」

「度々のご用立ては、底なし沼に金子を投げ込むようなものですね」

まさの顔を見てすまなそうに話す五兵衛に、皮肉まじりに答えるまさ。

「儂一人の思いで、銭屋の名にかけて意地を通せるのは、偏《ひとえ》にまさのお陰や」

喜太郎や番頭に、問う事なく承知した言い訳か、まさの後押しがほしいのか、初めて五兵衛が、加賀藩のお家事情を話してくれた。

加賀藩の藩政改革を、治世二十年の間に試みた十二代藩主斉広《なりなが》だが、至らぬままに文政五年（一八二二）嫡男の斉泰《なりやす》に家督を譲り、金澤城外の竹沢御殿に隠棲した。

斉広は、若手藩士や領内学者たちの、藩政改革についての意見を取り入れ、御用人数十人を若侍の中から選抜し政務を執らせていたが、文政七年春には、これらの中より十二人を選び教諭局を設け「全ての政務が教諭局を通る事とする」とした。改革を進めるには、老臣や重臣を留め置く外はないと、斉広が隠居して藩政を摂行すると決めたのは窮余の策だったが、これが後々何年にもわたって、老臣及び重臣たちと若手藩士との、確執の火種となった。

ところが、改革に意気込んでいた斉広が、文政七年（一八二四）七月に逝去され、十三歳の藩主斉泰が藩政を行う事となり、受け入れ難い奇策と言われる事の多かった教諭局は廃止され、元の老臣や重臣たちが、年若き藩主を助け政務を行う事となった。

ここで斉泰が頼みとしたのが、政務の些細な過ちで先侯斉広に疎まれていた加賀八家の長老奥村栄実で、天保十一年（一八四〇）三月に藩主から「御勝手方御用兼御広式御用《おかってがたごようけんおひろしきごよう》」に命ぜられた。

藩政の実権を握った奥村栄実は、加賀藩重臣八家の評定を重ねる中で、財政再建には、領内の富豪・豪商を頼る他なしと括《くく》り、予てより気安い銭屋五兵衛に、豪商の分担金をまとめるようにと、此度も頼ったのだ。

承知せざるを得ない五兵衛の胸の内を知って、藩の事情や方々の思惑はともあれ、夫から頼られ手配するのは妻の務めと、見つめる五兵衛にまさが頷いた。

ここ最近、五兵衛は喜太郎と共に隠居所に設えた茶室で、加賀藩の重臣を招いて茶会を折々開き、五兵衛に求められ挨拶に出たまさは、その席で奥村栄実を知り、その後、五兵衛が催す句会で客を出迎えた時、会釈を返した栄実の一徹そうな顔を思い出した。

　俳人を招いての句会には、まさも何度か誘われたが、子育てを言い訳にいつも受け流して来た。ある時、挨拶に出た句会の席で、顔見知りの客人の中に、見慣れぬ女人が目に留まり、思い起こせば先の茶会でも、奥村栄実の横に座るのを見掛けたような気がして、水屋で立ち働く女中に尋ねた。

「このところ、大旦那様が開かれるお集まりには、必ずお呼びしておられるようで。先生方と話が弾み、お泊まりになられる事もありますよ」

　この話を聞いた翌日、店に居た喜太郎に改めて問うた話では、元は金澤の東茶屋街の芸妓で、教えられた芸はもとより茶道や書画などの心得もあり、金澤の富豪に引かされたが、その方を亡くした後は、遺言で気ままな暮らしをする人だと。

「加賀藩の重臣や藩士たちと面識があり、心惹かれた事や物は直ちに会得され、俳句も然《しか》りで、父様はあのお方に随分と助けられている」

　喜太郎も受け容れている人と知り、まさの心がざわついた。

「殿方は、素養の無い女はお嫌でしょうか」

「儂の子を生す女が、愛おしい」

　過ぐる日、腕の中で尋ねるまさに、夫が耳元で囁いた声を思い出した。

　人目には大雑把に見えるまさが傷つきやすく、気が張る場は不得手と承知した五兵衛の思いやりや無理強いをせぬ情けに、まさは甘えて来た。けれど、五兵衛が隠居所に移り住み、夫婦の営みも絶えた今、我が身には何一つ夫と共にする心得が無いと悔やんだ。

「此度の御用金は、四千両ほど」

これまでの諸々を思い出していたまさに、五兵衛が告げる。

「いずれ奥村様は、加賀の名だたる商人たちを集め用立てを頼まれるだろうが、誰もが口を噤《つぐ》むだろう」

「貴方様は、それを知っての御覚悟で」

その際には請け負う心積もりでいる五兵衛に、まさは抗えなかった。

この度の御用金は、幕府が財政難のため、加賀藩へ八万両の借用申込がなされた事で、藩は家臣並みに、富裕町人にも都合を頼みたいとして、調達の任務を「御銀裁許《おかねさいきょ》役《やく》」（藩の必要に応じて金銀の融通・貸付ができる御用銀の世話役）の五兵衛に乞うたのだ。

富裕町人といえども、藩からの度重なる御用金は腹立たしい申し出で、まして、それを纏める役は誰もが尻込みすると、奥村栄実も承知しての事だった。

五兵衛の見込み通り、集められた商人たちが押し黙る中、末席に居た五兵衛が奥村栄実に調達を申し入れ、藩の重臣が皆の目前で五兵衛に頭を下げ、二人の姿を見て、居並ぶ商人たちは色めき立ったという。

命ぜられた五兵衛は、木谷藤右衛門他二十三名から、総計二千六百二十貫目を調達し、加えて冥加金《みょうがきん》として、それぞれが銀五百枚を差し出し藩の覚えめでたく、なかでも五兵衛は、多年にわたる藩へ金銀調達をする御用役の務めを慰労され、御算用場奉行より三人扶持を給せられた。

喜太郎には船を多く持たぬようにと戒めていた五兵衛が、ここ数年の間に、二百石余りの小さな船や大きなものは千石船まで持ち船を増やし、凶作で飢餓に苦しむ江戸や大坂に多くの物資を運んでいたが、数年にわたる凶作は、民ばかりでなく幕府や藩をも苦しめ、藩が御勝手元不如意となるのは目に見えていた。

「これを救済するには、広く通商を始め、日本の国が富まなければ」と、予てより国内外の交易をすべきと思う五兵衛は、その思いを一層強くしていた。

そんな五兵衛の思いに応えるかのように、天保十三年（一八四二）春になって、加賀藩より「御手船裁許《おてふねさいきょ》」（藩の御用船の管理者）を命ぜられた。大坂にて十一月より造船し、翌年四月に仕上がった御手船「常安丸（九百六十五石積）」の船印・幔幕・提燈《ちょうちん》には、全て前田家の梅鉢の紋章が用いられ、五兵衛は、十カ村の村長を支配する十村格に列して苗字帯刀を許された。

「父様の晴れやかな顔を見るのは久々や」

横で呟く喜太郎の声で我に返ったまさは、

「本当に、古希を迎える人とは思えん」

宮腰の湊に入った御手船「常安丸」の甲板に立つ、五兵衛の姿に見惚れていたのを取り繕うように言った。

まさの言葉に、番頭や娘千賀《ちか》を抱いたきわが笑い出し、本家の与三八や要蔵ほか一類の数人が加わって、賑やかに船を迎える湊に、卯月の暖かな陽が射していた。

この日を迎えるまでには、大坂で仕上がる新造船を楽しみにしていた喜太郎の長女ゆきが、年の瀬に高熱を出し一晩寝付いて亡くなり、娘を見送ったきわが、我が身を責め気鬱になった。幼子を亡くす同じ思いを味わったまさの労りや、妻を気遣い外出を控えた喜太郎と、二女千賀の無邪気さに助けられ、きわが次第に生気を取り戻すという月日があった。

五月には、五兵衛と共に喜太郎が御銀裁許役を仰せ付けられ、「宮腰町奉行直支《みやのこしまちぶぎょうじきし》配《はい》・町年寄列《まちとしよりれつ》」（町奉行から任命された町人の中の才幹ある者）となった。今回の仰せ付けで、予てより付いていた諸役が全て免ぜられ、喜太郎に代わって二男佐八郎が諸算用聞上役と貯用銀裁許を、三男要蔵が、本家与三八の倅として諸算用聞上役と貯用銀裁許見習を命ぜられた。

店をあげての慶び事が続く中、きわが子を身籠るといった、亡きゆきからの贈り物とも思われる幸せも訪れた。

加賀藩は「加賀百万石」として、世人の驚異と羨望の的となっていたが、御手船主附として御用船を操る銭屋も、他藩の船を圧倒して海上を独歩し、銭屋の回船業は藩の威光を背にして、これまで以上の商いで莫大な利益を収めた。

だが五兵衛は、自己の富を築くためだけでなく、富める者には役回りがあるとの思いで、窮する人に、しばしば食糧・薬品類を施与していた。それを知らぬ宮腰の同業者の妬みや、一部の人の謗《そし》る言葉には「抗弁せず」との五兵衛の意に、喜太郎をはじめとする銭屋の家族や使用人たちも従っていた。

藩の御用船で、諸国から集めた米を大坂へ運び、米相場に列する事もあり、宮腰の本店を要として、松前・青森・新潟・酒田・長崎・大坂・江戸と、国中に三十四箇所の支店や出張所が増えた。各地の得意先商人たちから、景気や価格、農産物の作況などの沙汰が、便船や飛脚により頻繁に銭屋へ届けられ、相互の代金決済も為替でなされて、便船での決済金郵送もあった。

店は、いつも人の出入りで活気に溢れ、まさは人々と挨拶を交わしながら、孫娘千賀の手を引き店の周りを散歩するのが日課となり、気が向けば、五兵衛の隠居所まで足を向けるのが気晴らしだった。

「あれが味噌蔵、こっちは笠蔵・新蔵、そして木場蔵」

道すがら千賀に指を差して教えたが、他にも鶴屋納屋や木場納屋と、両手で足りないほどの蔵があった。

「こんな大きな店になるなんて」

荷を積み運び出すなど行き交う使用人たちの姿に、五兵衛に寄り添った年月が夢の中を歩いて来たように思い出され、心に沁みたまさが呟いた。

「ばば様、ばば様」

千賀に呼ばれ気が付くと店の前に居て、千賀が喜太郎を見つけ奥へと駆けだしていく。幸せに過ごす日々に感謝し手を合わせているが、隠居した五兵衛が、この先も未知の領域を求めているのが薄々と見てとれ、一抹の不安を抱いていた。

多年にわたり巨額の金御用達を務めた五兵衛に、藩の財政立て直しに力を貸したと、三人扶持を授与した奥村栄実が病に伏して、御手船「常豊丸」の完成を見る事なく夏に亡くなった。

「これからは、誰が藩政を仕切るものやら」

茶席を共にして忌憚なく進言できた人を失い、憔悴した姿でまさの部屋へ来て呟いた五兵衛の声が、まさの耳から離れない。

「ひと月四斗五升で年に五石四斗は、用立てた金子の褒美としてはささやかな」

奥村栄実から拝領した恩賞を笑っていた五兵衛が、藩の意を汲み祝宴を開くのを見

て、

「父様は何処までお人よしなのか」

父を侮る喜太郎の声もまた、まさの耳に甦っていた。

この頃、五兵衛の隠居所を訪れた帰りと言って、要蔵が時々店に寄り喜太郎夫婦の娘たちを可愛がっていたが、姉娘ゆきが流行り病であっけなく亡くなった後は、遊び相手を失くした妹の千賀が、要蔵の訪れを心待ちにしていた。

千賀に五兵衛から聞いた海の向こうにある異国の話を聞かせたり、細工物を持って現れる弁吉と目を輝かせて話したりしている要蔵の姿を見て、まさは母と名乗れずとも心が満たされていた。

一方の要蔵は、長ずるにつれ物言いが五兵衛に似ているとの声を耳にし、五兵衛やまさが名乗らずとも父母と薄々感じていたようで、銭屋の二男佐八郎と共に、奉行所よりお役を命ぜられた事で、思いが確かなものとなった。

「この頃は家に居ても気詰まりなんや」

店へ立ち寄るたびに、要蔵は喜太郎の嫁きわに胸の内を明かしていた。

顧みれば、天保十五年（一八四四）八月、夏の陽が照りつける宮腰の浜で、大勢の男たちが浜砂を引きならすのを見て五兵衛が、

「ここに船小屋を建て、日本一の千石船を造って、来年の春には目出度く進水や」

横に並ぶまさに話し、満足そうに頷いていた。

九月になると、宮腰の浜に船小屋が建ちあがり、十九日に釿《ちょうな》初めを行い、引き続き藩御用船「常豊丸（千五百三十九石積）」の起工を行うなど、銭屋にとって慌ただしい日々が過ぎていた。

そんな中で藩の御用金調達の命を引き受け、喜太郎の渋い顔を思い浮かべたまさが、

「貴方様は悠長で宜しゅうございますね」

と、嬉しそうに御用船の話をする五兵衛に、当て擦りを言ったのもその頃だった。

その後も船造りが進む月日の中で、視察の藩士を度々迎え入れていた。


「千賀、も少しゆっくり歩いてくれんか」

「ばば様を待ってたら、昼の休みに間に合わん」

千賀を連れたまさは、五兵衛が待つ茶屋に向かっていたが、宮腰の浜に軒を並べて建つ五十軒ほどの茶屋や料理屋、煎餅屋を商う掛茶屋から、銭屋のおかみさんと知って声を掛けてきて、先を行く千賀に追いつけないまさは諦めてゆっくり歩いていた。

「何とでっかい船をこさえたもんや。橋立でも千石船見たけど、それ以上や」

「ほんとに、ここらでは見た事ないでかさや」

両側の掛茶屋に集う人たちの中から、声高に話し合うのが耳に届き、周りの人たち

が頷きながら笑う姿も見える。四月に行われる進水式を見たいと口々に言っているのも聞こえ、まさは、五兵衛や喜太郎に逸早《いちはや》く伝えたくて足を速めた。

弘化二年（一八四五）三月半ば頃から、船が粗方《あらかた》出来上がったと知って、金澤城下はもとより近郷近在《きんごうきんざい》から見物人が押し寄せ、これを機にと浜辺で開いた店々は繁盛し、過分の商いとなった。

四月十八日の進水式を数日後に控え、藩主斉泰の生母と子たちも御上覧され、藩からは、五兵衛と喜太郎に労いと共に白銀三枚が贈られた。六月になると、御算用場改作所からも、御手船を新造した事への感謝状と、五兵衛は小判十両、喜太郎は五両、佐八郎は二両、そして手代二人も各銀三百目を賜った。

翌年四月には、加賀藩御手船の「永代渡海免許《えいたいとかいめんきょ》」（永世国内外渡海を許す証）も拝領し、手広く回船の商いができると悦に入る五兵衛の姿を見て、つい先日、弟又五郎を亡くし齢七十四となった五兵衛が、海の彼方への思いをますます募らせていると知り、まさは胸を打たれた。同時に、思い通りに商えないと苦悩する息子の思いも分かり、気持ちが揺れた。

常安丸と常豊丸は「加州御手船」として、加賀藩主の梅鉢の紋章と藩の小旗を掲げた。この船で藩の海運を担う五兵衛や喜太郎の商いを、身近で知るまさは、

「父様は、危ぶまれる海域にまで帆先を向けているらしい」

喜太郎から聞かされると気が揉めて、

「帰ったぞ」

五兵衛の声を聞けばほっとして、五兵衛が持参する珍しい品々と土産話に、危ぶみながらもいつしかほだされてしまう。

「銭屋さんは何と果報な」

まさに声を掛ける同業者や宮腰の人たちが、

「御手船を使って方々で取引をしているのを、藩は知っててか」

「でかい船を沢山持って、人も大勢抱えて、いったい何で稼いでいるやら」

「今に痛い目に遭う。銭屋の天下がいつまでも続くと思うとるな」

陰では、妬み嫉みで話しているのもまさは承知していた。

商売が首尾よく運ぶ一方で、喜太郎夫婦にやっと授かった男の子常五郎が、秋になって四年の短い命を閉じた。これまでも良い事の後には、必ず哀しみが待ち受けていた事を思うと、姑やすが言っていた「吉凶は糾える縄の如し」との言葉がしきりと思い出された。

神仏への信仰が厚い五兵衛が、何年か前に大野湊神社に石燈籠や狛犬を奉納した事や、最近は喜太郎が石燈籠を奉納しているのも気休めとしか思えず、まさは、仏壇の前に座り手を合わせる時が多くなった。

朝に夕に手を合わせても、まさの精進が足りぬと告げるように、年号が弘化から嘉永と代わる年（一八四八）には、喜びが冬の嵐にかき消されるような災難がまたもや銭屋を襲う。

正月に五兵衛と喜太郎が、十三代藩主斉泰の出座する年頭礼に城へ参上し、それを知った一類の人たちが「一門の誉れ」と連日祝いに訪れ、二月になってもまさやきわは、紋付袴の片づけや一類への返礼など、慌ただしい日々を過ごしていた。

三月に入り、やっと落ち着いた日々を送っていた五日、騒々しさに店を覗いたまさの目に、文を手に青ざめた喜太郎の顔が飛び込んできた。喜太郎が渡した文を握りしめた番頭が、五兵衛の隠居所へと走り去った。

まさの姿を見た喜太郎が傍に来る。

「二月二十五日に、船頭孫六が乗り組んだ御手船「常豊丸」が、越中国・吉久の倉庫から藩米千五百石と糧米九石を積み、大坂へと越中・伏木の湊を出帆し、同日能登の小木湊に入ったが、二十九日に小木を出て能登半島の突端狼煙《のろし》を通過した夜四つ時、突然疾風が吹きつのり、暗礁に乗り上げた船が大破したと書かれていた」

喜太郎の口元が震え、まさが差し出した両手を握りしめた。

駆け付けた五兵衛が即刻、算用場と改作所へ告げに出向くのを見送ったまさは、「日本一の千石船」と誇った船が、僅か三年で大破したと知らされた夫の胸の内を思うと、言いようのない不安に駆られた。

ところが五兵衛は、翌日には宮腰を発ち、十日に着いて十六日まで滞在した狼煙では、水手らが地元民の手も借りて引き揚げた濡米千三百四十六石五斗の売却や、諸々の計らいをした。そして、十七日には宇出津港に移り、別の御手船「常盤丸」の出帆を督励して、夜は、狼煙に残した者宛てに、書状をもって指揮命令をしていた。

「大旦那様の、用意周到で手落ちのないご指示には、皆が驚嘆しておりました」

同行し先に戻った番頭が喜太郎に告げ、それを喜太郎から聞かされたまさは、一日も早く労いたいと、夫の帰りを待ちわびた。

まさは、この頃は商いに本腰を入れている喜太郎が、事ある時には存在を示す父を、頼りにはなるが立ちはだかる壁のようにも感じていると、言葉の端々から汲み取っていた。しかし、

「父様の度量の大きさには敵わない」

此度の五兵衛の対処に喜太郎が感服していたと、後に嫁のきわから聞かされた。

事を収めた五兵衛が、要蔵も誘い男七人で京都へ出掛けた。

旅の中、宿に着いて、風呂上がりに五兵衛と要蔵が二人きりになった時。

「お前に話さねばと思っていたが、迷ううちに時が過ぎすまなかった。儂はお前の父

親だ」

「宮腰の浜へ行くといつも、じじ様と海を見ていたような思いがした。二十歳《はたち》の頃から、もしやの思いがあったが、先だってお役をいただいた事で確かなものとした」

「本家へ嫁いだ娘ますがやっと授かった子を、顔も見る事なく亡くして、お前が二つの時、その娘から是非にと頼まれ、儂もまさも断れなんだ。そんな訳で、お前には本当にすまないと思っている。時を見てお前の道は儂が整える」

「本家の父様や母様は、幼い時から本当に可愛がってくれました。それなのに、父様と呼びながらも心から甘えられなかった。じじ様には何でも話せるのに、どうしてかと悩む時もあった。とは言っても母様には甘えたし、母様亡き後は、兄と慕ってくれる弟与三八が愛おしい」

　五兵衛が打ち明ける話を聞いて、要蔵が涙ぐんで語った。

「要蔵に話したが、あれは薄々感じていたらしい」

旅から帰った五兵衛が、要蔵に親だと打ち明けた時の話をまさにした。

「して、貴方様はこの先どうなされるおつもりで」

「いずれ要蔵の望みを聞いて、目一杯の力添えをと思うておる」

　まさの問いかけに応えた五兵衛が本心を話すのを聞いて、まさは一番に喜太郎の顔が浮かび、千賀や、本家の与三八など、要蔵が銭屋に戻る時に関わる人々の、複雑な胸の内が思われた。中でも、要蔵の心持ちが気掛かりで先行きが案じられた。

五月には、仏門で修行を積んでいた常吉が、越前福井の、孝顕寺第二十七世大春棟全和尚禅師になったとしたためた常吉の感謝の文を、初めて五兵衛から手渡された。品位ある筆跡を見てまさは涙が零《こぼ》れ落ち、滲む文字の中に、肩を震わせていた小さな後ろ姿が浮かび、ここまで常吉を支えてくれた五兵衛に手を合わせた。


相変わらず、隠居所で気ままな時を過ごす五兵衛は、茶会の給仕などのあしらいで気が利く女中お鉄を可愛がり、足繁く訪れる要蔵と千賀、この三人を前に昔の話をするのが一番の楽しみと、まさに話していた。

二年前に、十六で銭屋に女中奉公に上がったお鉄は、六つ年下の千賀を妹のように慈しみ、やがて隠居所の五兵衛付き女中となってからは、隠居所を訪れる十歳年上の要蔵を、いつしか兄のように慕い始めた。千賀が要蔵を慕っているのも承知していて、天真爛漫な千賀に、お鉄と要蔵が振り回されていると五兵衛から聞き、様子を覗きに隠居所を訪れたまさが、おやつを食べて一緒に過ごす時もあった。

そして嘉永元年（一八四八）八月十八日、今は亡き十二代藩主前田斉広の夫人真《しん》龍《りゅう》院《いん》から、まさと千賀二人が「松の御殿」で催される観能に招かれ、まさにとって生涯忘れられない一日となった。

前日から金澤の銭屋新宅に泊まり込み、当日は明け六つ前から髪結いが来て、身《み》拵《ごしら》えしたまさと千賀を、真龍院御付の大年寄染川と召使が迎えに来た。

「着飾った奥女中たちより目立たぬように」

まさは髪結いに頼み、自分には慎ましやかな拵えを、千賀には銭屋五兵衛の孫娘として引けを取らないように、煌びやかな拵えをしてもらった。

「ばば様が珍しく簪を挿して。それなら、お着物も前に拵えた友禅の方がいいのに」

幼き子たちが危なかろうと、いつしか挿さなくなった簪を、千賀に目ざとく見つけられ、着物は何故にと問われた。

「お呼ばれの者が、お迎えの方々より目立つのは遠慮せな。子供の千賀は、可愛ければお女中たちは喜ばれるけどね」

武家の女たちが視線を注ぐ中で、嵩高な女と思われぬにはまずは目立たぬが一番と、まさは改めて身の程をわきまえた。

宮腰から金澤の新宅までの道中が気掛かりと言って、使用人と一緒に要蔵がついて来た。真龍院の招きで金澤の御殿へ出掛けるとの噂話が広がって、まさの姿を見て声を掛ける人が多い宮腰を出るまで、まさや千賀から離れたり近づいたりする要蔵の姿に、

「かくれんぼしてる子みたいでおかしい」

笑いを堪えた千賀がまさの耳元で囁き、顔を見合わせ二人で笑い合った。

天保九年（一八三八）、江戸藩邸から金澤の藩主別邸金谷御殿に入られた真龍院は、江戸にいた世子慶寧《よしやす》と共に初めての金澤入りとなり、十三代藩主前田斉泰が、弘化二年（一八四五）に増改築した金谷御殿では、真龍院の住まいを「松の御殿」、慶寧の住まいを「金谷御殿」と呼ばせていた。

この金谷御殿に入られる藩主斉泰を出迎え、急ぎ戻られた染川が、召使と待っていたまさと千賀を連れ、松の御殿へと上がり、数ある部屋の前を通り過ぎ部屋に入った。馥郁《ふくいく》とした部屋の中を、見回す千賀をそっと窘《たしな》める。

「備後の保命酒徳利箱二箱と、鰹五本が二連で五十本を、宮腰から運び込みましたので、お女中の方々で振り分けていただきますよう、宜しくお願い致します」

前に座る染川にまさが申し出た。

ほどなくして、観能の部屋へ移ると、大勢の御中老や御取巻たちが居られ、まさは千賀と共に、地謡座（舞台横手）の後方に座った。

「演目を仔細に覚えて、書き留めてほしい」

まさが、上演を拝見する前に千賀の耳元で囁いた。千賀は能の幕間になると、染川に教えられた事や演目などを書き留め、お陰でまさは、一生に一度の事とまじろぎもせず見る事ができた。

藩主斉泰の初番目『放生川《ほうじょうがわ》』から始まり、斉泰の子権之進の切能『野守《のもり》』まで、最初の幕間には菓子や果物、次の幕間には卓袱《しっぽく》料理が出て、昼餉《ひるげ》には、ふかしと松露《しょうろ》の白味噌仕立ての吸い物・麩と角玉子と菜物のお平・小鯛の焼物・香物は奈良漬が膳に並び、染川の控えの間で手厚いもてなしを受けた。藩主斉泰の『花月《かげつ》』と『葵上《あおいのうえ》』、子宮門の『朝長《ともなが》』、子基五郎の『半蔀《はしとみ》』に、子豊之丞の『鵺《ぬえ》』を観能したと、千賀がしたためていた。

真龍院とお目もじは叶わなかったが、帰りに頂いた浅黄繻子《あさぎしゅす》縫いつぶしの帯一筋を「結構な品を頂いた」と、少し手垢のついたお古だったが、まさは喜んで大切に仕舞い込んだ。あとは、持ち帰った賜り物を前に千賀が、家族一同に土産話をするのを横で聞き、まさの心は満ち足りていた。

「銭屋の手船新造の折や、御取巻を連れての浜遊びの際に、当家がもてなした返礼だ」

喜太郎はまさに、真龍院からの観能招待をこう言った。

まさの連れが、きわでなく千賀だった事は、

「真龍院様が『女童の、お茶を運ぶ姿が可愛かった』とお側の方に話して、今一度千賀の顔を見たかったようで」

「真龍院は、幼いおなごの千賀が句を詠むと知り、稀なものだと改めて見たかったらしい」

という、きわや喜太郎から聞かされた話で合点した。

「御殿へ上がれる」と、千賀が無邪気に喜んだ事や、着飾って大人振った仕草が可愛かったと、まさは思い出すたび頬がゆるみ、有難いお招きだったと感謝した。

何よりも嬉しかったのは、二人が真龍院から招かれた事を五兵衛がことのほか喜び、持参の品々を自らが選んで用意させ、要蔵に金澤まで見送るよう言い付けていた事だった。

まさが帰ったと知るや直ぐ隠居所から来て、まさの部屋で久しぶりに話をじっくり聞いてくれ、「この人について来て良かった」と、まさはしみじみ思った。


暮れになり、五兵衛やまさが予てより気に掛けながら見守っていた要蔵が、二十七で本家と離縁となった。千賀と添わせてやりたいと五兵衛は思っていた。

「叔父と姪になる二人が、連れ添うなんて」

要蔵を慕う千賀の思いを知りながらも、喜太郎が断固反対していると了知するまさは、何かと要蔵を立てる五兵衛と、そんな父が意に染まない喜太郎、相容れない二人を見て、このままでは要蔵が一番不憫だと胸が騒いだ。

「近頃の父様は何を考えておいでか。この先の銭屋をどうされるのか。『銭屋が豪《えら》い事考えとると、もっぱらの噂や』と、懇意にしている役人が、奉行所で聞いた噂をわざわざ知らせに来てくれた。母様は聞いてたのか」

嘉永二年（一八四九）二月、要蔵が企図する事業として、加賀平野北部にある潟湖、河北潟の埋め立て大工事を、五兵衛が改作奉行所へ申し出たのを知った喜太郎が、店にまさの姿が現れるのを待ちかねたように問い詰めた。

「要蔵が父様と色々話し合うてるのは、知ってはいたが」

「何で、一言の相談も無しに申し出を」

まさの言葉に、喜太郎が顔をゆがめ呟き、臆するまさと機嫌が悪い喜太郎の様子を、番頭たちが不安げに見ていた。

「春になれば子が授かる」

三年前に長男を亡くした喜太郎夫婦から、嬉しそうに告げられたのがつい先日。

「四十二の厄を前に子が授かれば、大きな難も避けられるだろうね」

喜んで二人に声を掛けたまさが、五兵衛にも知らせなくてはと思っていた矢先の事。

そうした時に、孝顕寺の和尚となって三年の常吉が入寂したとの知らせが届き、あまりにも思いがけない事に、まさは涙も出なかった。

まさが実母と明かされて以来、要蔵はまさと顔を合わせても、以前のように声を掛けなくなった。

「要蔵は、母と知ったお前に甘えるのは、他界したますにすまないと思っとる」

夫から慰められたが、まさは寂しい思いで要蔵を見ていた。父と明かされた五兵衛には、以前にも増して心の内を洩らすようで、

「要蔵は武士を夢見ているらしいが、今のところはなかなか難しい」

要蔵の望みを五兵衛から聞かされ、それから程なくして、五兵衛は要蔵のため宮腰の近邑寺中出村に一家を分立し、二十三石高ばかりを与え百姓とした。

「いずれ懇意の藩士に請託し、新田裁許（新開地所を見出し管理する者）のお役を頂き、ゆくゆくは十村列にさせたい」

まさに話す五兵衛が、ひたすら要蔵の、立身栄達の道を思いやっているのが見て取れた。加賀藩での「十村」とは、昔から格式高い豪農か、抜群の功績を称した者に充てる制度で、そのためにも、藩や世間が認める大きな事業を要蔵にさせようと、五兵衛は河北潟の埋め立てに思い至った。

かつて内日角村沿岸で埋め立てが行われた事はあるが小さな区域で、水深が浅く小舟で湖上を上下し、漁猟で生計を立てる沿岸の諸村にとって、埋め立てて新田を開拓すると、漁民は一時職を失う。けれども、開墾された耕地で生活は豊かになり、これにより藩は増収になるとの五兵衛や要蔵の考えには、弁吉の心強い賛同が先からあったようだ。

そこで五兵衛は、十村列の石川郡曾谷村の文右衛門と、新田裁許なる石川郡笠舞村

の嘉兵衛と相談し、一方では加賀藩の重臣前田土佐守の同意を得て、改作奉行へ願い出た。

だが今、喜太郎が危惧するのは、五兵衛とは互助の仲で藩政を治めていた奥村栄実が死去した後、大隅守《おおすみのかみ》の任を受け藩政を治める長連弘《ちょうつらひろ》が、金澤城下で私塾拠游館《きょゆうかん》を開く儒学者上田作之丞の教えを信奉して、黒羽織党《くろばおりとう》と称する集団を藩政に関与させている事だった。

「父様と相通じていた奥村様亡き後、黒羽織党が頻《しき》りと銭屋を非難している。藩政は、この党を庇護する長様に代わっており、この先の事が不安でしょうがない。今回、河北潟埋め立てを願い出た銭屋を、長様をはじめ、この者たちがどんな思いで見ていることか」

喜太郎は必死になってまさに訴えた。

喜太郎の心配と苛立ちは分かるが、作事小屋を目立たぬように建てるなど、五兵衛が世間の風評を気にしているのもまさには分かり、三男要蔵を責任者としながら、細心の注意を払うようにと、要蔵に指南する七十七の夫が痛ましかった。

そうした心配を抱えながら、嘉永四年（一八五一）七月、二十箇年後の完成時には、面積二千三百町歩、収穫米四万八千三百石高あがる大事業として、埋め立て計画の詳細な請願書を改作奉行に届け出て、翌八月には藩の改作奉行から正式に許可された。

請願書の形式として名を連ねた石川郡粟ヶ崎村木谷藤右衛門と向粟ヶ崎島崎徳兵衛は、事業に関心もなく、着手すれば莫大な経費を要すると受け腰で、銭屋が発起の独占事業として、五兵衛の教えの下で要蔵によって工事は進められた。

そんな五兵衛が、十二月になると床に臥し、遺言状のような文を二男佐八郎に代筆させた事を、暫くしてまさは知らされた。

最初に、日頃崇拝している徳川家康家訓の二ヶ条が記され、六日後には八十となる自身の長寿と、藩からの格別の厚遇に感謝し、二男佐八郎へは喜太郎との養子縁組の解消、孫娘千賀の身上を配慮する文言が続いた。特に三男要蔵には河北潟埋め立てについて、経費の支出や事業の運営その先の見通しを細々《こまごま》と諭し、要蔵が河北郡波除新開に取り掛かった事について、真意を述べてあった。

続けて、老人には不相応な存外の掛かりが心痛で眠れないが、今更後には引けないのは自身の栄華のためではなく、子孫の少禄や家の永禄を思えば、今後も倹約が第一と、五兵衛の周到な注意と、皆を思う心情が尽きず、まさは文を持つ手の震えが止まらなかった。

気弱になった五兵衛の意に沿わなくも、諸般の準備が整って工事は始められ、この先に要する経費は喜太郎の掛かりとなり、喜太郎の歯痒い思いをまさが和らげていた。

年が明け二月になると、喜太郎は、この件から逃れるように一切を弟佐八郎や手代に任せ、上洛した。きわに聞いても要領を得ないまさは、平素から不仲の要蔵から、千賀への思いを打ち明けられた喜太郎が、血縁を理由付けとし突っぱねたものの、千賀の憔悴した姿も見ていられず、何もかも打ち捨て行方知れずになるのではと心配していた。

「以前より交流のある伏見の画家と、一緒に上方を巡っていた」

金澤を離れ、気を静めたか、喜太郎は五月になって帰って来た。

その頃になると、共に請願した木谷藤右衛門と島崎徳兵衛は、西蚊爪村の人足頭を立て、開拓工事の一切を付近の村々へ委任し従事させていた。だが銭屋は、能州宝達の人足頭をはじめとして工事に手慣れた遠方の土工を、潟縁に建てた作業小屋と番小屋に起居し従事させたので、余所者に工事を任せた事や、潟の周りを歩き回る土工の姿を見て、潟沿岸の村民が不快に思ったようだ。

元来潟の漁猟を生業とする者たちは埋め立て工事を恐れ、次々と邪魔立てしているとまさは聞いていたが何も言えず、日増しに気が滅入った。

それでもまさには、嬉しい事もあった。

「河北潟の仕事が首尾よく運んだら、お鉄と一緒になりたい」

久しぶりに、要蔵がお鉄を連れ銭屋に顔を見せ、上気した顔でまさに告げた。

「母様、宜しく頼みます」

　小さな声で初めて呼び掛け、恥ずかしそうな要蔵は隠居所へと立ち去り、残されたお鉄が、ぽつりぽつりと話し始めた。

「大奥様から頼まれた要蔵さんのお世話をする中で、千賀さんとの縁が結べなくて気落ちしている要蔵さんを労わっていましたが、お慕いする気持ちを抑えきれずに打ち明けたのです。考え込んでいた要蔵さんが、数日後に『その時が来れば』と応えてくれました」

　まさは、お鉄から聞いた要蔵との話を喜太郎に聞かせたが、

「この度の工事を打ち切るとの話でもなかろうに。途轍《とてつ》もない大事業に、藩士たちも驚いていると聞く。銭屋にとっては早めに断念するのが得策だと、あまりにも安易に考えている父様と要蔵に、母様から言うてくれ」

　要蔵の色恋には関わりたくないと、すげなくかわされ、二人への進言を再び懇願した。

　思い悩むまさの脳裏を過《よぎ》るのは、越前孝顕寺の和尚になった常吉だった。「父様が寺に寄進を続けられたお陰」と、和尚になった時には五兵衛に手を合わせていたそうだが、その後は、良き相談相手として五兵衛が頼っていたと聞く。今の五兵衛や要蔵に道を説けるのは常吉が最善と思えるが、そんな常吉が二年前に入寂したのを思い出

し、まさは今更ながら涙が零れた。


半年余りも床に就き、代筆ながら遺言書までしたためた五兵衛が、

「病も暫く治まったようやから、参りに行きたい」

小康を得たうちにと、要蔵と友人そして下男下女を伴い、嘉永五年（一八五二）七月二十日、信州善光寺で病の平癒と事業成就の祈願をすると言って、宮腰から旅立った。


道中での身を案じ五兵衛を見送ったまさだが、

「近頃は出ていく金に商いが追い付かず、この先どうなるのか見当もつかない。父様は、埋め立て工事で銭屋の身代を使い果たすようだ。母様も覚悟して」

昨夜聞かされた喜太郎の、憤りを隠し切れない声音が今も耳に残っており、申し訳なさで、横に立つ喜太郎の顔を見られなかった。

「工事は本当に障りなく進んでいるのか」

留守中の仕事の打ち合わせで久々に宮腰へ帰り、共に見送った番頭市兵衛にまさは尋ねた。

「大旦那様は、周りの声に惑わされるなとおっしゃるが、相変わらずで」

顔を曇らせた市兵衛が、湖中に打った杭を抜き、工事の一画に魚を捕りに入り込む

など、手向かい続ける漁民の話をした。

「留守中に、石灰をまいて潟の土を固めるよう、要蔵様に言い付けられたので」

早々に市兵衛が河北潟に戻り、五兵衛たちが見越した以上の難工事に、先を思うまさは膝が震え立っていられなかった。

＊

市兵衛が河北潟に戻って七日程経った早朝、市兵衛からの文を持った下男が勝手口に立っていると、まさは嫁のきわに起こされた。

下男の話は要領を得ないが、文には「宮腰から戻り石灰をまいた後、昨日あたりから潟の魚が水面に浮き、それを食べたのか湖岸に鳥の死骸もあり、漁民たちが騒ぎ始めて住まいへ押し寄せてきた」とあった。文字の乱れで慌てて書いたと分かり、騒がしさに起きてきた喜太郎は、番頭と手代に急ぎ河北潟へ向かうよう図った。

「何が起きても困らぬよう、備えておくように」

まさに言い残し、慌ただしく店を出て行く喜太郎の後ろ姿を見てまさは、銭屋の先行きは我が身に委ねられたと覚悟を決め、「正念場の時にはこれを抱えて行け」と以前から五兵衛が冗談交じりに言っていた品々を、予てより手筈の所へ移そうと思った。

五兵衛たちを出迎えるため喜太郎が遣わした船頭喜助が、折よく越中・東岩瀬で落ち合う事ができ、潟魚一件の騒ぎと風説を五兵衛と要蔵に報せた。

八月十二日に宮腰へ帰った五兵衛たちが、取り急ぎ河北潟へ向かった頃には、藩が、魚類の死因が判明するまで漁猟を禁止とし、工事も見合わされていた。

ところが、湖岸大根布村の漁民の中で、禁止されたわかさぎやごりを獲って食べた者たちが居て、その一人が、食べた翌日に嘔吐《おうと》瀉腹《くだりばら》となり、七日後にはそれが六人に増え、その翌日に四人が亡くなると、当時金澤で流行っていた吐瀉《としゃ》病まで、潟魚を買って食べたからと取り沙汰された。

「銭屋が毒を投じたのでは」

埋め立てに異を唱える漁民たちが言い出すと、藩から調べを任じられている役人も不問に付せず、八月二十八日には、藩医黒川良安が出向いて仔細に調べた。その結果、広大な潟に人為的な害毒は生じないとし、湖水の自然腐敗によると判定した。

それでも、魚が浮いたのは工事のせいと唱える漁民の声に、次第に役人の非難の目は五兵衛たちに向き、五兵衛と要蔵の善光寺参りまでが、嫌疑逃れと懐疑された。

それに伴い銭屋が詮議されると世間でも取り沙汰され、要蔵たちは善後策を相談していた。そんな銭屋の動きにも目を向ける役人が、潟縁の番人などを厳しく吟味する中で、小屋番の一人が、

「埋め立てで流し込んだ土砂を固めるため、石灰を投入した」

と事実を告げたのだが、これを聞いた藩では、一類を捕える手筈を定めた。

「この先は気を強く持って、銭屋の名を汚さんように」

仏壇の前で、膝を正したまさが言った言葉に、後ろに並んで膝を正したきわと千賀が頷き、三人揃って手を合わせた。まさは、この仏壇に手を合わすのもいつまでかと思うと、どうしてこうなったかとの疑念が口惜しさと共に込み上げ、唇を噛み背筋を伸ばした。


八月二十九日に三男要蔵が引き立てられ、九月三日には金澤町會所の牢獄に留め置かれた。十一日には五兵衛が引き立てられ町會所縮所《しまりしょ》に留め置かれた。五兵衛が引き立てられる数日前には、長男喜太郎と二男佐八郎が、手鎖縮《てじょうしまり》のうえ一類預かりとなっていたが、十一日には二人共に宮腰の郡役人に連れられ、町會所縮所に留め置かれる事となった。

藩は十一日から十五日までの間、沿岸の漁民が物見に集まる中、百二十四艘の船を出し、千百九十一人の人足を雇って潟内の底を浚《さら》えて、四百俵分ばかりの石灰を引き揚げ、郡奉行の元には四十五の空俵が届けられた。大方の俵は流出したものと見なされたが、これに伴い調べた銭屋の浜蔵には、十二俵の石灰が残されていたようだ。埋め立て工事で、石灰を使ったのは土砂を固着するためで、潟魚の掃滅《そうめつ》が目的ではないが、石灰投入付近の魚が多少死ぬのは詮方ない事で、石灰の量は多いが理にかなっていると見られた。

潟での漁猟が禁止されると、時を同じくして、金澤での魚の仲買や手売りも禁じられた。だが、外浦の魚類は害がないと分かり、九月十日には解禁された。その先八月十八日付で、「九日に、潟で死にかけの鰻を拾った者が、家内三人で食べたが中毒もなく、その他に伊勢鯉や川鱚《かわぎす》そして海老など食べた者が居たが、同様に障りなく、蜆《しじみ》貝も死んでいない」と十村二名より郡所へ届け書があったのだ。

八月二十八日付の、郡奉行から御算用場への伺い書にも、死魚の減少と共に中毒もないと書かれていたが、未だ潟魚の漁獲と売り買いは禁じられていた。

これらの事の次第は、残された女たちを気遣い、夕闇に紛れ銭屋を訪れた弁吉が、藩の知り合いから聞いたと言って、狼狽えて迎え入れたまさに伝えた。

「五兵衛は、先々の掛かりが莫大なものになる事ばかり、心配しておりました」

「埋め立ての請願を受けた時から、藩の中で『銭屋は余程の財があるのでは』と言う者も居たそうな」

まさの言葉に応じて、弁吉が話を続けた。

「五兵衛さんの計画は壮大なもので、余人には考えられない。計画の詳細については、手抜かりなく立てられ、完成を生きて迎えられない埋め立ての地で、開拓した後に稲作に励む村人たちの姿を、二人で思い描いては話したものだ」

　弁吉の話を聞き、町會所に留め置かれた夫の胸の内を察すると、まさの心は乱れた。

「ところで、これまで藩のために仕えた五兵衛のこの度の騒動を、藩主様はご承知ですか」

「斉泰公は江戸藩邸にご滞在との事。国許より、諸事の便りは往来していると思われますが、そこでまた、心配と思われる事が」

　まさが漏らした繰り言に、堰を切ったように弁吉が話し出した。

「加賀八家の長老奥村栄実と銭屋五兵衛の仲は、藩内では周知の事で、これを苦々しく思う重臣が居たとも伝え聞いた。奥村様がお亡くなりの後、五兵衛さんにとっては、今までの商いと勝手が違うと感ずる事もあったと思う。その挙句の此度の大事業申し出は、今後は銭屋が、藩の御用金用立てを足蹴にするかと、重臣の中で勘ぐる者も居たように聞く。銭屋にとって一番の悲運とは、銭屋を擁護する進言が江戸の藩主に届けられなかったと思われる事で、返す返すも、奥村様がお亡くなりになったのが悔やまれる。こんなごたつきが嫌で、儂は仕官を勧められても断り続けておる」

　弁吉の話でまさは、奥村栄実が亡くなった時、五兵衛が見せた憔悴した姿を思い出し、五兵衛はこの結末を予期していたかとも思った。そして最後の弁吉の言葉で、飄々とした弁吉の生き様を羨んでいた五兵衛の、幼子のような笑顔を思い出した。

何度か会って親しくなった弁吉の妻うたへ、心付けの紬一反を包んで、

「五兵衛との関わりを問われた時には、気を付けてね」

弁吉に念を押し、遠慮する弁吉に包みを押し付け見送った。

弁吉の話を聞いて悔やまれるのは、喜太郎から何度も頼まれながら、五兵衛を説き勧められずに来た事。今一つ口惜しいのは、子々孫々に良かれと思う五兵衛の尽力が、日々の暮らしで精一杯の人たちには伝わらなかった事だった。

海に出て己の夢を存分に叶えた夫が、年老いて病も癒えぬ体で留め置かれても、救い出す手立て一つ計らえない我が身がもどかしく、仏壇に向かい手を合わせ仏に縋った。

先行きの見えぬ日々を送り、気弱になったまさの元へ手代が顔を見せた。

「旦那様の遺言状をお預かりしておりますが。渡されたのは、旦那様と佐八郎様が一類預かりとなり、家を出る朝の事で」

袱紗《ふくさ》に包まれた喜太郎の書状をまさの前に置いた。

「亡くなった後に皆に見せるように」と喜太郎に任せられたが、日が経つにつれ、雇われの身で預かり続ける事に臆したようで、手代はこの後の取り回しをまさに乞うて立ち去った。

「要蔵が引き立てられ、父様も引き立てられると、次は我が身。如何に清廉潔白を唱

えても、一類預かりの後は藩吏の胸三寸」

一類預かりと告げられた時、喜太郎が言った言葉を思い起こすと、嫁入り前の娘千賀や、幼い余計松《よけまつ》、そして幼子を抱えた妻きわへ心残りを書き綴ったと思われ、一類と手代宛ての書状を手に取ったまさは、喜太郎が哀れで胸が詰まった。


嘉永六年（一八五三）十二月六日、前年九月に、河北潟流毒事件で捕らえた者三十四名について、加賀藩公事場の裁きによる沙汰が決まった。

厳重なる吟味の中で、嘉永五年（一八五二）十一月二十一日に牢死した五兵衛は、屍を醢《かい》（塩漬け）として事件の落着を待ち、沙汰では磔刑《たっけい》等分となったが、実刑を科されず。三男要蔵は磔刑。手代市兵衛は梟首《きょうしゅ》。長男喜太郎と二男佐八郎、笠舞村の九兵衛、大野村の木津屋喜助については、事との関わりや共謀の形跡なしと認められたが、父五兵衛の罪己が磔刑等分となったのを受け、父子連座の法で永牢と定められた。要蔵と市兵衛の處刑《しょけい》は、重罪人につき居所にて十二月十三日に執り行うとして、宮腰の砂丘が刑場と決まった。

まさ、喜太郎の妻きわ、その娘千賀と息子余計松、佐八郎の妻ていは、一類預かりと沙汰が決まり、追われるように銭屋本家の与三八宅へ来た。

「ますの霊前に線香をたむけたい」

三日経ってまさは、与三八に導かれて仏間へ入り、仏壇に向かい長い間参っていた。

「思わぬ事態で、婿の与三八さんや孫にまでお世話を掛ける事になり、今は亡きますにも申し訳がたたない」

振り向いて膝を正したまさが、与三八の前へ袱紗包みを差し出した。

「儂にも今後の沙汰は分からぬ事で。奉行筋の者に尋ねてみよう思っとるから、次に何か言ってくるまで、気兼ねせんと居てもろたらいい」

「大勢の者が押し掛けて、これからの事もままならぬので、一時しのぎとは思うが使うて下され。銭屋を取り戻す時には、重ねてのご尽力をお願いしたい」

包みが何かと目で聞く与三八に、まさが改めて包みを押した。

今一度、仏壇に手を合わせたまさが部屋を後にしたのを見て、与三八が開いた袱紗には、五両の金子が重ねてあった。分家の一大事に手助けするのは当たり前で、要蔵の事を先に謝らなければと思っていた与三八は、まさの申し出には気が咎めた。

銭屋を突然出る事となり、女たちは着るものを思うほどには持って出られず、まさは与三八に頼み、嫁たちにますの着物を借りたが、自身は意地を張るように着替えなかった。

「蔵の味噌と醬油は、留め置いたら腐ってしまう」

役人に食い下がってまさは、少しばかりの米と共に味噌と醬油数樽を荷車に積み、下男に引かせ与三八宅へ持ち込んでいた。

「煮炊きには、連れてきた下男を使ってほしい」

まさが味噌や醬油を樽から取り出し、それを入れた甕を手にした下男が勝手元へ来て、本家の女中たちを手伝っていた。

「味噌は大奥様が樽から取り出すので、誰も触っちゃなんねぇ」

甕を抱えて、呟くように繰り返す下男に、

「どれほどの樽を運んできたのやろ。樽の中にお宝でもあるのでは。それとも、他の何処かにお宝を隠し持っているのでは」

口さがない本家の女中たちが囁き合い、応じない下男をからかった。

銭屋の母子たちが来ていると知って、本家の前で立ち止まる人のざわめく声が聞こえる時があり、まさたちは落ち着かない日々を過ごしていた。外歩きできない身にとっては、本家の下男や女中たちが聞き込んだ噂話が世情を知る頼みの綱で、当主をはじめとし使用人に至るまでに気を使うよう、まさは嫁たちに告げていた。

「大旦那さんは、亡くなる数日前から小便の出が悪く、たいそう苦しんでいらしたそうや」

五兵衛の最後の様子を知らせてくれたのも本家の下男だった。金澤町會所へ出入りの者から聞いたそうで、藩吏の中には銭屋を憐れむ者が居た事も聞き出していた。

「三度吟味した後の、未だ沙汰を受けぬ間に牢死した」

五兵衛が、沙汰が下される前に亡くなった時、公事場から告げられたまさは、本家の与三八に頼み込み「亡骸を引き取りたい」と一類から公事場に願い出たが、叶わなかった。

〝初鶏や　家々けつこうな　八重の年〟

五兵衛が詠んだ最後の短冊を仏壇の前に置き、内輪だけで弔いをした。嫁たちや孫娘千賀がすすり泣く姿を見せたが、事の真偽を知るまで涙を流すわけにはいかないと、まさは気が張って涙も零さなかった。

それから先は、金澤町會所や公事場の様子も分からなかった。

「五兵衛が牢死で事は治まるのでは」

「きつい取り調べに耐えきれず、狂った者も居るそうな」

「銭屋の手回しで、みんなご放免かも」

漏れ聞く話に、泣いたり喜んだり悔しがったりの日々を過ごしていたが、最後の沙汰は、思い描いた中で最悪の結末となった。埋め立て工事に最後まで抗っていた喜太郎や、仔細も知らぬ佐八郎までが永牢と聞き、残された嫁や孫たちに申し訳なくて、まさの心は折れた。

そして今「家名断絶《かめいだんぜつ》家財闕所《かざいけっしょ》」とも申し渡された。銭屋の名を宮腰から消すわけにはいかないと、気を取り直したまさだが、預かりの身で何ができるかと思う。この後は、本家をはじめとする一類を恃《たの》みとし、嫁いだ娘たちとは類が及ばぬよう付き合いを絶ち、自らが気丈な姿を見せる事で、皆の心を一つにせねばとの思いを強めた。

要蔵と市兵衛が、宮腰の砂丘で處刑と知って、まさは、「牢獄で五兵衛がむくみと息苦しさに胸をかきむしって最期を遂げたと聞かされた時の悔しい思いは二度とせぬ。せめて身繕いだけでも銭屋の男として逝かせてやりたい」と思い、裏紅絹で無紋の黒羽二重の小袖を要蔵に、無紋の浅黄木綿の綿入れは市兵衛にと、銭屋の意地を示さんと女たちが縫い上げ、處刑前夜遅く、公事場へ本家の下男が届けた。

「先ほどから不動経を唱えておいでだ。これを預かった」

心付けを渡した牢番から小さく折り畳んだ反古紙を握らされたと、帰った下男が懐から紙を取り出し、下男を待ちわびていたまさは、手渡された紙を開いた。

〝娑婆劫《しゃばごう》の苦を捨てて　搦《から》めひかされ　行くぞ嬉しき〟

畳み皺の中で、詠まれた歌が微かに読み取れ、横合いから摑み取るように手にした千賀が文字を追って咽び泣き、母きわの手が震えながら千賀の背を撫でさすっていた。

「要蔵の最期を、しかと見てきてほしい」

叔父と知ってからも要蔵を兄と慕うますの息子与三八が、刑場となる宮腰の海岸へ行くと聞いて、上がり口でまさは声を掛けた。

ざわざわと本家の前を海岸へと向かう人たちが本家を指さし、銭屋への誹り言《そしごと》を交わし合う姿が目に入り、逃げるように奥へ引き返したが、縺《もつ》れる足がもどかしく口惜しかった。

まさに頼まれた与三八は、見に行くのを迷っていた心が定まり、「よさ」と呼んで可愛がってくれた要蔵に一刻も早く会いたいと、宮腰の海岸へと急いでいた。

海岸へと向かう人波に運ばれるように刑場の砂丘に着いたが、与三八が心当てした以上の人だかりで、海から時折吹き付ける風が寒い中で身を寄せ合い、要蔵と市兵衛の刑が早く執り行われるよう口々に言っていた。それに重ねて銭屋への誹り言も耳に入り、与三八が目を閉じた時、吐き捨てるように言う声がその場に響いた。

「食う物もない時、銭屋から貰うた米を口にせんかった者は、この宮腰には居らんやろ。せめて最期に念仏唱えてやろうと思わんか」

与三八が慌てて声の主を探すと、押し黙った数人の中に念仏を口にする老婆が見え、その時、刑場に要蔵と市兵衛が姿を見せた。

縄を打たれてはいるものの、ばば様たちが縫った下ろし立ての黒羽二重の小袖を着た要蔵と、浅黄木綿の綿入れを着た市兵衛は、きりりと顔を上げ、前を見据えていた。

だが、深く掘った穴の横に置かれた「木」の字の磔柱《はりつけばしら》に横たえられると、無残にも真新しい黒羽二重の両脇を割かれ、剝いだ布は体の中央に束ねて縛り、体は大の字に、手首、上腕、足首、胸、腰と縛り付けられた。

要蔵を縛り付けた磔柱が数人の手で穴に立てられると、集まった人だかりの中からどよめきが起きた。要蔵の浅黒く逞しかった体が、一年あまりの入牢で抜けるように白く華奢な体となっていた。胸元に黒と紅裏の衣を巻き付けられ、一所を見て薄ら微笑む要蔵の姿が、与三八の目に入った。目線の先には呆けたように立ち竦《すく》むお鉄の姿と、横で念仏を唱えている見知らぬ僧侶があった。

検使の与力が同心に命じ、最後の人改めをする間もざわめきは続いたが、槍を手にした執行役の非人二人が磔柱の左右に並ぶとざわめきが止み、静まり返った砂丘に、風に乗って波の音が聞こえてきた。

その時、二本の槍が顔の前で交叉《こうさ》し、要蔵が瞼を閉じた刹那《せつな》、掛け声と共に、右脇腹から左肩先に槍が突き抜かれた。その槍が抜かれる間もなく、左脇腹から右肩先に次の槍が突かれる。二人の非人は噴き出た血で体が染まり、その場に、要蔵と市兵衛の断末魔の叫び声が響いた。

「あんちゃん、あんちゃん」

与三八は震える両手を握り締め、声にならない声で幼子のように叫んでいた。

二度、三度と繰り返し突かれた槍で、がっくりと要蔵の首が垂れたが、非人は槍を染めた血糊を藁で拭いながら、繰り返し突き立てた。

その頃になると、語り種にと来た者は震えながら去り、そこここで吐瀉《としゃ》している者も居た。お鉄の居る方から、僧侶の念仏を唱える声が一段と大きく聞こえ、それに追唱する念仏も聞こえて、波がうねるような念仏の中で、木偶《でく》のように要蔵の体が弾けるのを、与三八は目を覆う事なく見ていた。

非人の一人が、長い熊手で要蔵の髷を摑んで仰向かせ、残る一人が、喉元右から左上にと槍を刺し通すのが見え、止めの槍で非人が退いた。

市兵衛の首は落とされ、少し離れて備えられた晒し台に乗せられた。

磔柱に残る、引き裂かれ血にまみれた要蔵の屍《かばね》と、もう一方に残る、首のない市兵衛の屍を前にして、自分がつい先ほど見たのは夢か現《うつつ》か、目が覚めたら床の中なのではないだろうかと与三八は困惑した。幼い頃に恐ろしい夢を見て泣いていると、いつも兄要蔵が来てくれたことを思い出し、幼子のように声を立てて泣いた。

如何ほどの時が流れたか、今にも雪を散らしそうだった薄鼠色の空が、黒橡色《くろつるばみいろ》に変わり、肌を刺すような風に吹かれ与三八は心づいた。そばには声も無く佇むお鉄、肩を震わせ手を合わす本家の手代、少し離れて顔見知りの要蔵の友が目に映り、今一度、要蔵に頭を下げ家に戻った。

家の内は、深い香の香りが漂い、ひっそりと静まり返っていた。上がり口の板敷に腰を落とした与三八は、夜が更けるまで動けなかった。

一方、眠れないまま朝を迎えたまさは、時が過ぎる中、何度も手を合わせた昨日の長い一日を思い返した。

与三八を送り出した後に、香を焚き、数珠をまさぐりながら、どれほどの時が経ったか定かではない中、覗いた窓から、今にも雪を散らしそうだった空が黒ずんでゆくのが見えた。一時前まで、宮腰の海岸は凄惨《せいさん》な場だろうと思い描くだけで体の震えが止まらなかったが、今は、叶うなら飛んで行き要蔵の屍を抱きしめたいと、これまでの様々な思いが去来し、足元から冷え上がるのも気付かず廊下で立ち尽くしていた。

昼近くになり、まさは与三八と顔を合わせた。

「お鉄さんが、あんちゃんの頭を何としてでも貰い受け、金澤の寺へ行くと言ってた」

刑場で僧侶と居たお鉄が告げた事を言葉少なに語り、市兵衛の頭も、然るべき時に貰い受ける人が居ると分かり、安堵したまさはいつしか気が遠のいた。

一月には珍しく打ち寄せる波も穏やかで、時折吹き付ける風に裾が捲れあがるのも気に掛けず、めっきり白髪の増えた丸髷を御高祖頭巾《おこそずきん》で包んだ姿で、鉄紺色の沖へと続く宮腰の海をじっと見ているまさがいた。

今しも陽が落ちる頃を迎え、水面は錦の糸を織り込めたように移ろい、金色の両腕で宮腰の空と海を抱えるように静かに海へと沈む太陽の空に残る神々しい光に、まさはいつしか手を合わせていた。

「あの人が海に出て、七か月あまりも何の音沙汰なしのあの時は、ここに来て海を見ていると、陽が落ちた彼方から、積んだ荷で帆先が低うなった船影が見えたように思え、何度海へ入り波で裾を濡らした事か」

まさの横に立ち、寒さで小刻みに震え出している下男に、問わず語りに話していた。陽が沈み、風が立つ中、先月十三日に刑場となった海岸沿いの砂丘にある一本松の方に向かって手を合わせたまさは、やり場のない憤りと情けなさで、噛みしめた口許から嗚咽がもれた。

「大奥さん、歩けんがなら儂が背負うて帰るし」

背中を差し向けた下男の背に、顔を押し当て立てたまさの声を、漆黒色に様変わりした水面《みなも》に、白く泡立ち寄せては返す波の音が、吸い取るように消し去った。

忘れられないあの日から床に就く事が多くなり、気分の良い日は下男を伴って宮腰の浜で気晴らしをしていたまさだったが、今日は家に帰り着くまでに心を決めていた。

「明日の朝餉前に、与三八さんはじめ嫁たちに、お願いしたい事があるので」

本家の娘婿与三八に声を掛け、まさは逸る心で朝を待った。

翌朝まさは、与三八や嫁たちが揃う前で、朝の挨拶もそこそこに口火を切った。

「節分が過ぎたら、喜太郎と佐八郎の赦免《しゃめん》を一類の方々が奉行所へ願い出るよう、与三八さんから頼んでもらえんやろか」

　与三八に頭を下げたまさが、

「聞き入れられるか甲斐ないか、皆の一念をもって事を為してほしい」

　上げた顔を嫁たちに向け、改めて頭を下げた。

「まずは、一類の方々にご相談をしてみます」

　応じた与三八が部屋を出るのを見て、嫁たちの方へ膝を改めたまさが口を開いた。

「喜太郎と佐八郎にまで迷惑が及び、お前様方には意図せぬ事となり本当に申し訳なく思っておる。一度許しを乞わなくてはと思いながら心に余裕が無く、これまで皆の苦労を座視してきたが、誠に申し訳なかった」

「ばば様が一番お辛い思いをしておいでるのは、皆も知っての事」

「お義父様と要蔵さんを弔うお義母様に、私共の行く末までもお心煩わせて」

　千賀がまさににじり寄り、佐八郎の嫁ていが目を潤ませてまさを見た。

　幼子を横にして、喜太郎の嫁きわが頬に涙を伝わせ、まさと目が合うと顔を伏せた。

　久方ぶりに、女たちの朝餉は和やかなものとなり、下男が安堵したように笑った。

　次の日の明け方、床の中で目覚めたまさは、昨日の朝餉を思い出すと笑みが浮かび、嫁たちに詫びた事や、息子たちの赦免を託した事に心安らぎ、宮腰の海に抱《いだ》かれるように思え再び眠りについた。

これを機に、嘉永七年（一八五四）二月、五兵衛の弟血筋にあたる銭屋又五郎等一類より、宮腰町奉行所に、喜太郎、佐八郎らの赦免嘆願書が差し出された。

喜太郎の嫁きわが、何よりもまず病床のまさに知らせ、与三八から預かった願書草案を枕元で読み上げた。心痛のあまり床に伏しているまさの事も書いてあると聞かせ、

「お義母様のお陰で、喜太郎さんたちが戻れる道がつきました。有難うございます」

震えるきわの声がまさに聞こえたか、まさの目尻から耳元へと一滴の涙が伝った。

春が過ぎ、季節が移ろう中、寝付いたまさの容態も一進一退だった。

「せめて喜太郎が放免されればなあ」

まさは毎朝のように、幼い弟を抱える母きわに代わり、身繕いを整えに枕元へ来た千賀に繰り言を言う。

「本当に。父様が戻られれば、ばば様もお元気になられるのに」

そんな祖母に優しく千賀が答える。

千賀は、一類や本家の使用人たちから耳にする家財没収の話をまさに聞かせる事なく、喜太郎が戻れば銭屋を再建できると信じ、目を開けると手を合わせるまさの傍《かたわ》ら

に居て元気づけていた。

毎日のように、銭屋が華やかだった頃の話をする千賀だが、今日のまさがいつもと違う様子に気づき、口元に耳を寄せた。

「大きな船の上で手を振る人が。あれに見えるのは、梅鉢の船印かぁ」

微かな声で呟いたまさは、最期の言葉の後、柔らかな笑みを浮かべた。

一代で巨万の富を築いた銭屋五兵衛の妻まさは、最期まで銭屋再建を夢見て、嘉永七年（一八五四）七月二十三日、六十八年の幕を閉じ黄泉の国へと旅立った。

きわと千賀

時は嘉永の頃。

先ほどまで、ざわざわと動いていた千賀の布団が、やっと落ち着いてこんもりとした寝姿となったのを、きわは暗やみに慣れた目で捉え吐息をついた。

嘉永五年（一八五二）九月に河北潟流毒事件で、舅の五兵衛をはじめとする銭屋の男たちが捕らえられ、女たちが銭屋本家与三八宅へ預けられてから二年の月日は、きわにとって、針の莚に座っているような時の流れだった。

誰が言った事か、

「要蔵が河北潟埋め立てなぞに手を染めたのは、千賀との仲を喜太郎夫婦に反対され、自暴自棄になってや。五兵衛さんは許してたのに」

この話に尾ひれが付き、伝え聞いた一類の人たちや本家の使用人たちからも、きわ一人が疎外されているように思えた。

無為な女と人々に責められているようで気が休まらないきわは、周りが落ち着かない中で不安を覚えるのか、事あるごとに癇を立てる三つの倅、余計松も思うに任せなかった。

要蔵がお鉄と夫婦になると言ってからは、慕う思いを封じ込めたかに思えた千賀も、反対されていた頃を思い起こすのか、このところ母きわとの交わりを避けるようになった。

それでも、床を並べて休む事を強いられている今、殊更に千賀との関わり合いに気を使い、きわは心安らぐ時も持てない。

千賀を可愛がっていた五兵衛が捕らえられた年の十一月に獄舎で亡くなり、翌年十二月に裁きが下された要蔵が日を置かずして宮腰の砂丘で磔刑となってから、千賀は頑なに母に背を向けて眠り、顔を埋めた布団から嗚咽を漏らす事も度々だった。揺さぶり起こし娘の思いの丈を聞いてやりたいと、きわは幾夜も掛ける声を思い迷った。

千賀への思いもさる事ながら、きわは姑まさから労いのひと言が欲しかった。

「お前たちには迷惑掛けたねぇ」

「お義母様こそ、お気の毒な」

姑の姿を見て今日こそはと待つが叶わず、何度心の中で姑と慰めの言葉を掛け合い、じっと耐えてここまで来たか。

ところが、要蔵の刑が行われた翌日、本家の息子与三八の話を聞き終えた姑まさが、

「これくらいの事で、銭屋の燈を消してはならぬ」

きわと千賀を見て下知《げち》するようにきっぱりと告げ、崩れるように座り込んだ。

そして年が明け、珍しく出かけた姑が、日が暮れて下男に抱えられるように帰ると、

「何もせんと虚しい時を過ごすのも甲斐ないと思って、事を起こして時を過ごすのも、いずれにしても月日が経つのは早いもんや」

迎えに出たきわに、焦れるような呟きを漏らした。

「何を分かれというのか。私に何をせよというのか」

姑の言葉を思い出し眠れなくなったきわは、肩先が冷えた余計松を胸元に引き寄せて、思いを振り切るようにきつく目を閉じた。

＊

九つの千賀が晴れ着姿で、祖母まさの手を引っ張り、宮腰の浜へと急いでいた。

「千賀、そんなに急がんでも船は逃げていかんて」

顔見知りの人たちと会釈を交わしながらようようと歩く祖母がもどかしく、先を歩く千賀は、いつしか人混みの中で逸《はぐ》れ一人になっていた。

「銭屋の嬢ちゃんが、宮腰で迷子か」

声のする方を振り向くと、お気に入りの覗きめがね（望遠鏡）を手に銭屋本家の要蔵が笑って近づいて来たのに気付き、差し出された手を取って、千賀は幼子のように泣きじゃくった。

自らの声で目が覚めた千賀は、引き上げた布団の衿口で涙の滲んだ目を押さえ、いつも最後まで見る事がない夢の続きが昨日の事のように思い出され、いつまでも要蔵が心の中で息づいているのに戸惑いを覚えた。

弘化二年（一八四五）四月十八日、宮腰の浜には五十四軒の茶屋が立ち並び、金澤城下や近郷から数万人の人が集まり、銭屋五兵衛が新造した加賀藩御手船「常豊丸」の進水を一目見ようと待っていた。

加賀藩の官船で、船印や幔幕、提燈など全てに前田家定紋の剣梅鉢が輝く御手船で、御手船裁許を仰せつかった事は、銭屋の商いには大きな力となった。

「常豊丸」新造の前には、天保十四年（一八四四）、大坂で「常安丸」も新造しており、御手船に加賀藩はことのほか力を入れていた。「常豊丸」仕上げ間近には、藩主斉泰の二人の子が祖母真龍院に連れられ観覧にと宮腰の浜を訪れる。この時八つだった千賀は、初めて拵《こしら》えてもらった本裁ちの晴れ着を着て、真龍院にお茶を差し上げる大役を務めていた。

そんな話も人伝《ひとづて》に広がっており、浜へと続く道を埋め尽くすように人波がうごめく中、千賀は要蔵の胸に抱かれるように歩いていた。

船影が人の間から見え隠れする処で、要蔵が千賀の手を引っ張り、小高い丘へと登り始めた。丘の上で浜の方を見ていた要蔵が手渡してくれた覗きめがねを覗いた千賀は息を呑んだ。

「あれが、じじ様の船なの」

「そうだよ。あの船で銭屋はいろんな藩と商いをして、宮腰一、いや、加賀藩一の回船問屋になるんや」

船印に御定紋の剣梅鉢があるのを見て、祖父五兵衛と父喜太郎の満足気な顔が目に浮かび、千賀は嬉しくて、早く浜へ行きたいと要蔵にせがんだ。

要蔵と二人で、銭屋の一同が揃う浜に近づくと、

「心配して捜しましたよ」

使用人たちが駆け寄って来て、口々に言われた。

「旦那様たちがどんなに心配したことか、丁重に謝らな」

古参の女中に耳打ちされて、二人は喜太郎たちの前へと進んだ。

二人の姿を見て涙ぐんだ祖母まさ。怒りを抑え二人を見据えた父喜太郎。顔を上げようともしない母きわ。三人の前で、要蔵と千賀が頭を下げた。

大勢の人が見ている中で、父は声を荒らげる事もなくその場は過ぎ、めでたい席での不始末と祖父には内密にされたようで、今でも千賀の心の中に悔いを残している。

それでも、千賀が心細さに足がすくんでいた時、力強く言ってくれた要蔵の言葉が忘れられない。

「幾千、幾万の人が居ようと、千賀の事は直ぐに見つけ出せる」

この言葉は、歳を重ねるごとに千賀の胸を熱く満たし、その思いは今もあった。

「夢の続きを見たいのに」

声には出さず吐いた息が朝靄のように白く流れ、使用人たちが起き出した気配がして、千賀は、今日も眠り足りない朝を迎えた。

＊

商家の朝は早いが、本家預かりの身のきわや千賀は、本家の与三八たちが朝餉を終えた頃、膳についていた。

ところが今朝、朝餉を取りに部屋に入ると与三八が座っていた。

「おはよう。朝餉の前に、義母様が話があるとの事だが。何の話か心当たりはあるか」

きわと千賀を交互に見て問いかける与三八と、図りかねて母の顔を見る千賀に、きわは心騒ぎを見取られぬよう顔を伏せた。

「昨夜はお出迎えしましたけど、何も気付きませんで。それなら、配膳を控えるよう女中に言ってきますので」

余計松を連れ部屋を出たきわが、

「余計松を抱えた私に、何ができるとお義母様は思っておられるのか」

独り口ついてまた部屋へ戻ると、千賀の隣に佐八郎の妻、ていが座っていて、揃って待つ中へ姑まさが姿を見せた。

皆の顔を見回し、朝の挨拶を交わした姑が、

「節分が過ぎたら、喜太郎と佐八郎のご赦免をお奉行所へ願い出るように、一類の方々に頼んでもらえんやろか」

与三八に頭を下げた。「皆の一念で事を為してほしい」と、きわたちにも頭を下げる姿に驚いたきわは、与三八が立ち去ったのも気付かず、再び口を開く姑を見た。

「喜太郎と佐八郎にまで迷惑が及び、お前様方には意図せぬ事となり、本当に申し訳なく思っておる。一度許しを乞わなくてはと思いながら心に余裕が無く、皆のこれまでの苦労を座視してきたが、誠に申し訳なかった」

祖母にすり寄って千賀が掛けた言葉や、目を潤ませた佐八郎の妻の言葉が、きわの耳の奥に響いていたが、きわはひと言も声を掛けられなくて、頬を伝う涙を拭う事さ

え忘れていた。

聞きたかった姑の言葉が、きわの冷え切った身体と心を温かく包み、まさに寄り添う千賀の姿が、幼い頃の姿と重なり愛しさが込み上げた。

久方ぶりに女たちの朝餉に和やかな声がし、下男や本家の使用人たちも楽しげだった。

翌朝、仏間にも出向いた様子のない姑を気に掛けたきわが部屋を覗くと、熱で上気した顔で、うっすらと瞼を開けた姑が目に入った。医者の手当で凌《しの》いだものの、この日を境に姑まさが床に就いた。

嘉永七年（一八五四）二月、五兵衛の弟血筋にあたる銭屋又五郎等一類より宮腰町奉行所に、喜太郎・佐八郎らの赦免嘆願書が差し出され、きわは何よりもまず病床の姑まさの元へ知らせた。床に伏しているまさの事など書いてある与三八から預かった願書草案を、きわが枕元で読んで聞かせ、読み上げる声も震えた時、姑の閉じた目から涙が伝うのを見た。

「お義母様のお陰で、喜太郎さんたちが戻れる道がつきました。有難うございます」

きわは初めて口にしたこの思いが必ずまさに届いていると信じていた。まさの心の内を知ってからは、傍で世話をする時にも自らの心の持ち方が改まるのに気付いていた。

「余計松を抱えた私が成す術もない。でも、余計松のために銭屋を立て直さねば」

繰り言ばかりを言っていたきわが、心から願う思いで、一類の方々へのあしらいにも気持ちが込められた。

そして今一度、捕らえられる前に喜太郎が書き残した遺言状を読み返したきわは、改めて夫の心掛かりを思案した。

千賀の事は、首尾よく嫁がせるようにと縁組の仔細についても書き示していたが、此度の件で立ち消えとなっており、所詮千賀の心にも染まぬ事ゆえ詮方ない事と思う。

喜太郎は三十七で長男常五郎を亡くし、この後《のち》には男子授からぬものと諦め、弟佐八郎を養子にしていた。ところが思いがけず厄年の厄除けのように四十一で男子を授かったのだ。除松の意で余計松と名付けた倅がことのほか可愛い。それゆえに離縁とした佐八郎には申し訳なく、後の身の立て方も書き置くが、何よりの気掛かりは未だ幼い余計松の事で、必ずや後見を定め皆で引き立ててほしいとある。

認めは嘉永五年（一八五二）九月六日とあり、喜太郎が己の潔白を確信しながらも、捕らえられた後はどのような裁きが下されるか懸念し、取り急ぎ書き示したものと思われる。現に二日後には囚われの身となっていた。

きわの不安を見越したような喜太郎の文に頰を伝う涙が止まらなかった。あの時の不穏な中で皆の先行きを案じ文を綴った喜太郎を思うと、言葉も交わさず引き立てられる姿を見送って、至らぬ妻で申し訳なかったと、きわはこれまでの日々を心から詫びた。

加賀本吉屈指の酒造業を商う明翫屋治兵衛の娘として生まれ育ったきわは、天保三年（一八三二）十七で、宮腰の豪商銭屋の若き当主、二十四の喜太郎の元へと輿入れた。

商いだけでなく茶道や俳諧の道でも名高い銭屋へ嫁ぐ事は、加賀本吉では噂を呼んだ。「荷汀《かてい》・霞堤《かすみてい》」や「翠園《すいえん》」といった雅号をもつ喜太郎はきわを高雅な世界へ導く人と羨《うらや》まれ、金澤宮腰での日々や嫁ぎ先での日暮らしを夢見て、きわは嫁いだ。

だがその実は、近寄りがたい舅や賢婦といわれる姑と、年の近い小姑に気を張り詰め、「つねに倹約を心得て」との家訓は、何不自由なく育った身を縛られるようで、豪奢《ごうしゃ》な輿入れ道具もここでは驕りに思え、一人いじけて過ごしていた。

頼りと思う喜太郎も当主とは名ばかりで、舅五兵衛が取り仕切る商いから逃れるように、句会や寄り合いだと出掛ける事が多く、きわはいつしか孤独感を深めていた。

しかしながら翌年には長女ゆきを授かり、喜太郎の喜ぶ姿にきわの心はほぐれる気がした。しかし、相変わらず出歩く夫を問いただす度胸もなく、見えない相手に悋気《りんき》し身を焦がした。

ゆきが四つになり、きわが母として落ち着きを見た年に、次女の千賀を授かった。

夫が望む跡取り息子が授からなくて、責める人もいないのに気鬱になったきわには、姑まさの慰めも皮肉に聞こえた。産後の床上げも一日延ばしとなり、可愛がっていたゆきも人任せで、ただ喜太郎の愛《いと》しみを乞い求めた。

そんな中、天保十三年（一八四二）五兵衛が加賀藩より御手船裁許を命ぜられ、喜太郎も商いに本腰を入れると奮起した年の瀬、長女ゆきの短い命が尽きた。

喜太郎の憔悴した姿は悔みの人たちの胸を打ち、そこここで囁き合う声が、我が身を責めているかに思え、きわは耳を塞ぐように座を立ったが、目に留めてもくれない銭屋の人々を無慈悲と思った。

「本吉に帰りたい」

「あんたが去れば、千賀と喜太郎さんが哀れと思う。今は堪えて尽くすしかないやろ」

部屋に籠り、帰りたいと希《こいねが》うきわと宥《なだ》める里の母の姿が、行燈の明かりで畳の上に長い影となるのを見て、きわは、嫁ぐ前夜、母と別れを惜しんだ時の影と重ね合わせていた。

本吉の海と穏やかな街や人が恋しくて、きわの口数は常にも増して少なくなったが、日ごとに可愛く利発に育つ千賀と、商いが忙しく外出が和らいだ夫や、姑の労りの言葉で、里への思いはいつしか立ち消えていた。

宮腰の海が穏やかな春の陽で瑠璃色に輝く頃には、千賀を連れて浜を歩くきわの姿も見られた。四月には大坂で建造されていた御手船「常安丸（九百六十石積）」が出来上がったとの吉報が届き、五月になると五兵衛と共に喜太郎も御銀裁許役を仰せ付けられ、「宮腰町奉行直支配、町年寄列」になるといった店をあげての慶び事が続いていた。

そうした時に、きわが長男常五郎を身籠るという、亡きゆきからの贈り物とも思える幸せも訪れた。

この頃、銭屋本家の要蔵が、五兵衛の別宅へしばしば訪れているようで、「千賀、元気にしてるかな」と時折店にも顔を覗かせた。商いに忙しい喜太郎や身重のきわを気遣ってか千賀を遊ばせてくれ、千賀も要蔵が来るのを楽しみにしていた。

「要蔵は、本家へ養子に出したひと回り年の離れた弟や」

きわは、夫から聞いている話と思い合わせ、年の差は十六違っていても兄と妹のような二人を微笑ましく見守っていた。

「浜で貝殻を拾ってくる」

ある日、浜へ行きたいと言う千賀を連れて行った女中が、転げるように立ち戻った。

「ほんの少し目を離したすきに嬢様の姿が」

丁度顔を出した要蔵が、女中を連れ浜へと駆けた。

折悪しく頼りとなる喜太郎も留守だ。姑まさには知られぬようにと、要蔵が千賀を連れ帰ってくれる事をきわは神仏に祈った。

「貝殻拾ってたら、浜のずうっと向こうまで行ってた」

裾を濡らし半べそをかいた千賀が、要蔵の背にしがみつき顔を埋めていた。

「要蔵さんのお陰で嬢様を捜し出せました」

横で女中がしゃくり上げる。

「千賀も無事見つかった事やし。これは三人の内緒にしとこ」

千賀を背負った要蔵が、大きなお腹に手を当て肩で息するきわを気遣った。

「どこに居ても、要蔵にいさんが見つけてくれるって」

要蔵の背でにっこり笑いながら誇らしげな千賀を思い出すだけで、今も顔が綻《ほころ》ぶ。

きわが銭屋へ嫁いで一番幸せをかみしめていた頃だった。

しかしながら、八月に加賀藩年寄奥村栄実が亡くなり、夫の喜太郎から五兵衛の立処を心配していると聞かされた。銭屋で時折開かれる句会を前に、喜太郎が集う人たちに心を砕く姿を見ても、姑まさのように機敏に力添えできず、そんな我が身を歯がゆく思った。

誰よりも五兵衛を気遣いながら、信頼を得ることができず苦悩する夫。

「今に、分かってもらえる」

「お前は気楽でいいなぁ」

きわが慰めると、寂しそうに笑っていた喜太郎の顔が思い出される。何と声を掛ければ良かったのかと、今でもきわは考え迷う。

ゆきが亡くなった後、喜太郎は今まで以上に千賀を可愛がっていたが、一度だけ、きわも驚くほどに千賀の事で腹を立てた事がある。

あれは、宮腰で新造された御手船「常豊丸」の進水を見に行くと言って、まさと共に出掛けた千賀が逸れて騒ぎとなった日の事だった。

半刻ほど後に要蔵と共に現れて、その場は声を荒らげる事もなく収めていた喜太郎が、祝いで喜びもひとしおと思えたその日の夜、床に入って横になると腹に据えかねたように呟いた。

「年端もいかぬ娘が、男についていくとは」

「男といっても要蔵さんじゃありませんか」

横で聞いたきわが取り成した。

「要蔵だから、殊更に気が揉める」

「そうはおっしゃっても、千賀は幼い頃から要蔵さんに遊ばせてもらって」

「いつまでも幼子であるまいに。千賀にもよく言って聞かせろ」

きわに最後まで言わせずに、喜太郎はそれっきり背を向けて寝た。

きわは、ぐずりだした常五郎に乳を含ませながら、心配掛けた千賀を叱るのは良いが、要蔵と一緒だったと咎め立てる夫の腹立ちを図りかねた。

要蔵が大野の弁吉から貰った覗きめがねを手に現れ、弁吉から聞いた海の彼方の国の話など、千賀と自分に面白おかしく話してくれるのを、きわは疎ましく思えなかった。

もしや、舅五兵衛が要蔵を引き立てている事が喜太郎の心を騒がしたのかと思い当たったが、更には千賀までが要蔵を慕っていると訝しんでかと、きわは夫を思いやった。

ところが今思えば、喜太郎の気掛かりは要蔵の心立てだったようで、気掛かりが誠《まこと》となった今、繰り言ひとつ言わず裁きを受けるのを見て、あの時、夫のやっかみと思っていた事が喜太郎に申し訳なく心苦しかった。

あれから長男常五郎を四つで亡くし、その後は諦めていたのに四十過ぎて余計松を授かった。喜んでいた夫がこの幼子に心を残し囚われの身となり、忸怩《じくじ》たる思いで居る事を知った今、余計松の行く末を委《ゆだ》ねられたと、きわは気持ちが昂ぶった。

＊

少し開けた縁から時折生暖かい風が流れ込む部屋で、床に就いて半年余り経つ祖母まさの枕元に千賀が座った。

「ばば様、今日は夏至でお昼が長ぁい日やそうで、ばば様のお好きなあの話をゆっくりしましょ」

いつも話し終えるとまさが目尻から耳元へ涙を伝わす、松の御殿へ二人で招かれた時の話を、今日もまさの手応えがないまま千賀は語り始めた。

「あの時の事は、ばば様の言い付け通りつぶさに書き留めてあるし、こうしてばば様に話しだすと昨日のように思い浮かぶわ」

嘉永元年（一八四八）八月十八日朝五つ、前日から金澤の銭屋新宅に泊まり込み、当日は明け六つ前から髪結いが来て身拵えしたまさと千賀を、今は亡き十二代藩主前田斉広の夫人、真龍院御付の大年寄染川と召使が迎えに来た。

「ばば様は着飾った奥女中たちより目立たぬようにと、ご自分は慎ましやかなお拵えだったのに、千賀は銭屋五兵衛の孫娘として引けを取らないようにと、煌びやかな拵えをして下さって。部屋から出てきた私の姿を見た要蔵にいさんの驚いた顔って」

と言って、目を瞑ったまさの顔を見た時、祖母が微かに微笑んだように思えた。

宮腰から金澤の新宅までの道中が気掛かりと言った要蔵が、使用人と一緒について来た時、離れたり近づいたりして歩く姿が、「かくれんぼしてる子みたいでおかしい」と言って祖母に話し掛け、二人で笑い合った事。

召使と共に待っていたまさと一緒に、松の御殿へ入って染川の部屋へと上がり、良い香りがする部屋の中を見回して、まさにそっと窘められた事。

そして、能の幕間に染川に教えられた事。それらを、「演目を仔細に覚えて書き留めるように」と、上演前にまさから耳元で囁かれ書き留めた。

こうして今まさに話していると、一生に一度の事とまじろぎもせず見ていた祖母の姿と共に、藩主斉泰の初番目『放生川』から始まり、斉泰の子権之進の切能『野守』までの舞と地謡の朗々とした声が、今も目に浮かび耳の奥から聞こえてくる。

幕間に頂いた菓子や果物に卓袱料理、染川の控えの間でもてなしを受けた料理の品々も心に残っていて、観能の日の出来事を幾度もまさに話すうちにそらで言えた。

真龍院とのお目もじは叶わなかったが、持ち帰った賜り物を前にして家族一同に土産話をしていると、満面の笑みを浮かべて祖母が横で見ていた。

真龍院からの観能招待は、「銭屋の手船新造の折や、取り巻きを連れての浜遊びの際に当家がもてなした返礼だ」と父喜太郎は言っていた。祖母まさの連れが母きわでなく孫の自分だった事が思いがけず、母に尋ねると、「真龍院様が、千賀のお茶を運ぶ姿が可愛かったとお側の方に話していたようで、今一度、顔を見たかったのでは」

と言われ、父からは、「真龍院が、幼いおなごのお前が句を詠む事を知り、稀な者だと思われてだ」と言われて、あの頃は、御殿へ上がれる事を無邪気に喜んでいたものだ。

こうして今、まさに話す我が身に比べ、掛ける言葉もなくまさの枕元に座る母きわを見て、あの時母が連れ立っていればと申し訳なく思った。

気がつくと、縁から陽の光が朱色の帯となって差し込み、その中でまさが和やかな顔で目を閉じていた。祖父五兵衛を亡くし、間もなく要蔵も亡くして父喜太郎は帰らず、その上に祖母まさまで奪われるのは、衣を一枚ずつはがされていくようだと、未だ味わったことのない心細さで千賀は身が震えた。

*

嘉永七年（一八五四）二月に続き、五月には、銭屋の家名再建の嘆願を宮腰町奉行所に届け出たが、いずれの真心込めた嘆願書も奉行所の当路役人の温情を得ることが叶わなかった。七月二十三日には、最後まで銭屋再建を念じ、喜太郎たちの赦免を願っていたまさが、届かぬ思いを胸に旅立った。

銭屋本家与三八宅の仏間に皓々《こうこう》とした灯明が灯る下、まさが横たわり、傍らで肩身の狭い弔いを詫びるきわに、涙ぐんだ小姑たちが労いの言葉を掛けた。

「ますも一緒に座っておるやろ」

顔を見せた与三八が、まさに手を合わせ立ち去ると、女たちだけの通夜で夜が更けた。

父や母の最期を看取るどころか弔う事も叶わなかった喜太郎を思うと、きわは胸が痛んだが、かつて弘化三年（一八四六）九月に、四つの長男常五郎を弔った時に見た喜太郎の憔悴した姿が瞼に浮かび、父の無残な最期や母の寂しい弔いを知らぬままが幸いだったかと思い返した。

まさが居なくなり、与三八宅での日暮は、きわや千賀にとって落ち着かず、まさが逝って抜け殻のような下男が、事あるごとに本家の使用人たちに小言を言われているのを見るのも切なかった。一刻も早い喜太郎の赦免を念じた。

喜太郎の帰る日を共に願う事で、きわと千賀はわだかまりなく過ごした日々を取り戻すことが叶い、床に入ってからも、これまでの事やこれからの事を語り合った。

「ばば様に言われて私が町奉行所へ通ってたの、母様は気づいてた」

「下男と一緒に何処かへ出かけていると、女中の話を小耳に挟んだ事はあったけど」

千賀に問われ答えたきわは、続く千賀の話に、幼い余計松を言い訳にして聞きたくない事に耳を塞ぎ、見たくないものには目を閉じていた事が、千賀の肩に大きな荷を背負わせていた事を知った。だが、詫びる思いと共に、辛苦の中で大人になった娘を頼もしくも感じた。

千賀は、喜太郎の裁きが永牢と下されて間もなく宮腰町奉行へ宥恕《ゆうじょ》を願い出て、重ねて父の無実を嘆願するため伝手《つて》を求めて奉行所へ通ったが、訪ねる人とは会えずに追い立てられ、席を共にした事のある俳友の姿を門の中で遠目に見受けるも、呼び掛ける事さえ叶わなかったと話した。

そして千賀は、「年若い娘が願い出れば、捨て置くこともなかろう」と乞うたまさにこの事を告げられず、宮腰海禅寺天満宮から寺中村の大野湊神社へと、時を稼ぐように願掛けをして巡り、夕方になって戻る日々を続けた。傷つけられる姿を目の当りにする連れの下男に口封じはしたが、何かの拍子に言い洩らしそうな不安と、実りのない嘆願に心が折れそうで、家に帰り着くと疲れはて口を開くのも嫌になるほど辛かった。それでも終える事はできないと今も続けているのだと、打ち明けた。

きわが物言わぬ千賀にわだかまりを募らせていたのもこの頃からで、母にも明かさず独り耐えていた事は知る由もなく、きわは娘の様子に気が回らなかった自らを責めた。

そんな時、喜太郎が頼みとしていた手代が、牢内の喜太郎がしたためた文を届けに来た。

　女たちが本家与三八宅に預かりとなった後、手代のうち数人はまさと通じながら銭屋再建のため控えていたが、喜太郎に永牢の沙汰が下りてからは、手代の一人が予てから喜太郎に言い渡されていた当路役人に賂《まいない》を贈り、弁当の差し入れの許しを得、内密に喜太郎と文のやり取りをしていたのだ。まさから言われた事を手代が文にして弁当箱に忍ばせ、喜太郎が返書を忍ばせ箱を返す。手代はこれを読み取り、対処できる事できない事を見定め、まさに申し伝えに来ていた。

　まさが床に就いた事や、喜太郎たちの赦免嘆願書を一類が申し出たが聞き届けられぬ事もあり、手代の一存で暫くは喜太郎に文を忍ばす事ができずにいたが、まさが逝った後に、手代が事の次第を喜太郎に知らせた文への返書だった。

　遺言状の筆跡と違い、心もとない小さな文字で書かれた文を、きわは一息に読んで、待ち受ける千賀にそっと渡した。喜太郎の失意と残した身内への労りが胸に染み、そして母の最期を看取れなかった無念さも心に届いた。文字を追う千賀の横できわは、牢番の目を盗みながら思いを綴った夫の、名を伏せ雅号「翠園」と結んだ文に手を合わせた。

　嘉永六年六月二十四日の十二代将軍家慶の薨去《こうきょ》の時と、嘉永七年の十一代将軍家斉の十三回忌の時に、喜太郎は赦免の望みを抱いていたようで、その頃は、きわや千賀も微かな心当てで奉行所の前へ本家の使用人を行かせていたが、叶わなかった。

「地獄の鬼に伏してでも、旦那様を取り戻さなならん」

「鬼は怖くて嫌や。やっぱり湊神社の神さんや」

呟くきわに、答える千賀。久方ぶりに、二人でたてた笑い声がいつしか嗚咽と転じ、涙を流し二人で抱き合った。

日を置かずきわは大野の弁吉に使いを送り、現れた弁吉に仔細を話し、助けを求めた。

まさの弔い以来の呼び出しに、当初弁吉は合点がいかない顔だったが、話すうちに薄らと涙を浮かべた。

「ちょうど今、真龍院様御側仕えのゆかりの者から細工物を頼まれているので、あれやこれやの話の中で、千賀の奉行所通いを真龍院様に伝えてもらえんか言うてみる」

「頼みごとが得手ではない弁吉さんに、お頼みして」

弁吉が掛けた労わりの言葉に、返す言葉を詰まらせたきわを見て、最後まで言わせずに、弁吉は早々に席を立った。

これより先、差し押さえられて町役人差配のもとにあった銭屋の家財や蔵荷物の入札が、安政元年（一八五四）より藩によって執り行われた。

「せめて家中の者に召し替えの一枚でも」

銭屋一類から申し出た願いも町役人に聞き届けられずにいた。

安政三年（一八五六）、屋敷や蔵が人手に渡ると聞いたきわと千賀は、秋の月明かりの中で黒檀のように建つ銭屋の家に足を運んだ。

本吉から嫁ぎ、「海の百万石」と囃《はや》された銭屋の嫁として子を産み育て重ねた年月が、黒檀の家の内に閉じ込められたままこの先は手の内に返らないと思うと、きわは口惜しくて唇を噛んだ。

目を閉じて秋の宵風を頬に受けながら澄ました千賀の耳に、店のざわめきが聞こえた。

「銭屋の嬢ちゃん、今日は海でも見に行こうか」

「じじ様のお住まいへ、海のお話聞きに行く」

その中から懐かしい要蔵の声が響いて、幼い千賀が答えている。

閉じた瞼から涙が伝い、声をたてずに身をよじる千賀をきわがそっと抱きしめる。

二人の姿が月の下で長い影となった。

この年には、幾多の取引先の債権も無利息五十年年賦返しとなる。

「返さなくても良いとばかりの御定めが、恨めしくてやり切れない」

手代が、きわたちの前で男泣きに涙を拭い、これもまた藩の御算用方の差配と告げた。

　身代の事は了見ひとつで諦めが付くけれど、喜太郎の事は、たとえこの身が引き裂かれても、もう一度顔を見て抱き締められたい。口には出さぬが思いは同じと、きわと千賀は共に誓った。


　千賀は、父にどうしても手渡さねばならぬ銭屋再建に肝要な文を祖母まさから預かっている事を母にも伝えられず、喜太郎の帰る日を強く念じていた。

　それゆえに、安政四年（一八五七）十月十四日、父銭屋喜太郎の代わりに入牢するとして、娘千賀は宮腰町奉行所に「代牢願」を申し入れる事を決めた。

「先年より銭屋又五郎等一類が、度々申し入れている銭屋喜太郎たちご赦免嘆願を、どうかお取り上げ頂きたい。私が度々奉行所に参っておりましたのも、父喜太郎ご放免の願い出の事。それもまたお取り上げ頂けず、神仏にも縋っておりましたが」

　と、娘としての心の内をしたため、願い出てから五年の月日の事々を事細かに書き綴り、身を投げて死のうとした事も赤裸々に曝《さら》け出した。

「病弱な父に代わり入牢したいとの切なる思いで望みました。再び戻らぬ思いで家を後にしたので、お取り上げ頂けねば軒下なりに留め置き願いたい。父喜太郎が直ぐに放免されれば、その身は銭屋一類にて穏便に引き取ります」

奉行所の情に縋って嘆願する事にしたのだ。

「書状にて申し入れたき事があり、お取り次ぎをお願いします」

宮腰町奉行所門前で、千賀は精一杯の声を張って呼び掛けた。

顔見知りの門番が五月蝿《うるさ》そうに六尺棒で肩を小突いたが、常ではない千賀の様子に、

「暫し待つように」

もう一人の門番が千賀に告げ、内に入った。

「聞き届けられねば、門前にて朽ち果てても」との思いで、千賀は持参の書状を胸元に挟み込み、敷石に膝を正し、目を閉じた。

「千賀は偉い子や」

いつも笑って迎えてくれた祖父五兵衛の顔。

床に就いてからは、気が付くと縋るような眼差しで千賀を見た祖母まさ。

「どこに居ても千賀を守る」

千賀に約束してくれた要蔵の顔。

そして何より、心もとない父喜太郎の顔が、瞼の裏に浮かんでは消えた。

「大丈夫。銭屋の千賀は何があっても諦めないから」

と心の内で応えて、千賀は微笑んだ。

奉行所の前を行き交う人が門前に座り込む娘の姿に足を止め、銭屋の千賀と見て取

るや、どうした事かと、一人、二人と数が増え、奉行所前に人垣ができた。口々に囁き交わす声が読経のように辺りを包んだが、奉行所内には人影すら見えず、門番ばかりが辺りを睨んでいた。

数年前から父喜太郎の放免願いに奉行所へ通う千賀の姿は、宮腰の人々の間で取り沙汰されていた。門番たちに足蹴にされたり小突かれたりする千賀を目にしても、初めは皆、素知らぬ振りで通り過ぎていた。肩を落として帰る姿や、いたずらな子が小石を投げるのを見ても、口では窘めながらも「ざまを見よ」と思っていた。

暑さ寒さの四季が移ろい年月を重ねても、千賀の奉行所通いは休む事なく続く。着る物も色あせ、後ろ姿が消え入りそうに見える頃には、行き交う際に、労りの声を掛ける者も居た。

「今思えば、銭屋への罪には疑念が湧く」

そんな声も聞こえだすと、千賀は父の放免を念ずる孝行娘として称され、宮腰の親たちは千賀の姿を範として子を諭していた。

千賀が代牢願いを手にして与三八宅を後にしたと聞き及び、久方ぶりに外に出たきわは、幼い余計松の手を引いた下男の導きで宮腰町奉行所に向かった。

人を押しのけ見て戻った下男が、人垣に驚いているきわに告げる。

「嬢様が座っていなさる」

大声を出しそうになるのを止《とど》めたきわは、千賀の姿を一目見たくて、余計松を下男に預け、人混みにそっと身を埋めた。

人々から漏れ聞こえる話は、きわの預かり知らぬ事ばかり。間合いから見える千賀は着古した袷《あわせ》に身を包み、いつから座り続けた事か、時折背を伸ばす肩の辺りがやせ細っていた。きわは、こうなるまで知ろうとしなかった我が身を責めた。

華やいだ話も知らないままに、銭屋の辛苦を一身に背負い、娘盛りの年月を投げうってきた千賀。奉行所の門前に座る千賀の背に、秋の陽が金色《こんじき》の光を放つ。仏のような後ろ姿に、人混みの中できわは手を合わせた。

千賀の姿に手を合わせた数日後、きわは久方ぶりに宮腰の汀《みぎわ》に立ち、瑠璃紺色の海原から時折波が白く立ち寄せるのを、飽きずに見ていた。

大きな翼を広げて、深まりゆく秋の澄み渡る空を舞う鳶《とび》の「ひゅるる」と鳴く声と、それに応えるような声が聞こえ、きわが振り返ると、砂浜に取り残されたように突っ立つ朽ちた木の先に、翼を閉じた小ぶりな鳶がいた。

つがいと見える鳶が、海を自由に駆け巡った舅五兵衛と、羽ばたく夫を見守った姑まさに思え、きわは頬を緩ませた。

「喜んで下さい。喜太郎さんがご赦免となる日が近いかも」

声にすると直ぐにでも叶うような気がして、きわは半刻程前に弁吉から伝え聞いた話を思い起こしていた。

京都から宮腰に程近い大野村に移り住んだ弁吉は、指物師を生業にしていたが、砲術など多才な知見も評判となり、加賀藩主が「禄を与え取り立てる」と遣わした使者を追い返してしまう偏屈な男だった。だが以前より懇意の五兵衛とは馬が合い、大野村に住んでからは五兵衛の知恵袋として姿を見せ、要蔵や千賀を可愛がってくれていた。

常日頃から銭屋に恩義を感じている弁吉は、五兵衛や要蔵が捕らえられた後も残された女たちを案じ、時折顔を覗かせていた。

「せめて喜太郎のご赦免が叶わぬか、心当たりを頼ってみる」

まさの亡き後、途方に暮れて縋ったきわを引き立てるように、弁吉が言ってくれた。

その後きわは、家財召し上げや気弱になった喜太郎からの文など気に掛かる事が多くて、弁吉との約束をいつしか取り忘れていたが、代牢願を胸元に差し奉行所門前に座る千賀の姿と覚悟を目の当たりにし、急《せ》き立つ思いで我が身がもどかしくなった。

そして眠れぬ夜を過ごしていたある夜、耳元に弁吉の声が甦り、日が昇るのを待ちかねた。五兵衛の使いで弁吉の元を訪れたことのある下男を伴《とも》に、逸る思いで大野村へ来たものの、門口に立ち思い惑うきわは、表を覗いた弁吉の妻うたに招き入れられた。

「銭屋のお使いはんが、お人連れて来はったで」

うたが奥に掛けた声に慌てたような気配で、弁吉が姿を見せた。

「遠い処へ、よう来はったなぁ」

「朝早くからご迷惑ではと思いながら」

言葉も続かず涙ぐむきわに、

「近いうちに訪ねなと思うてたんや」

弁吉が労わるように声を掛け、妻に目配せし、きわを部屋へあげた。

「此度は、千賀がえろう頑張って。元気にしてはるか」

きわが座るのを待ちかねたように問う弁吉。

「千賀の一途な姿を見てたら、弁吉さんに言うて頂いた事の成り行きが急に気になり、勝手にお邪魔してしまい堪忍して下さい」

きわは頷きながら遠慮がちに応え、弁吉を見つめた。

うたが茶を持って現れ、二人の前にそっと差し出す。

うたが部屋を後にするのを待って、弁吉が口を開き、耳に入った事を話し出した。

「もう少し話が定まってからと思うてたが、えらい心配させたなぁ」

父の無実を嘆願する千賀が奉行所通いに年月を重ねている事は、宮腰では評判となっており、奉行所内でも捨て置く事ができずにいた。

ここ数年は喜太郎の赦免について議論を重ねていたが、

「喜太郎が有期禁錮者ならば酌量の余地もあり、赦免がない事もないが、無期禁錮者を赦免した事は前例もなく、埒《らち》が明かない」

と、策無きままに行き詰まっていた。且《か》つ、永牢は喜太郎のみならず、

「一様の弟佐八郎や、笠舞村の九兵衛と大野村の木津屋喜助らの取り回しは如何にする」

と、再三考慮を廻《めぐ》らすが、未だ尚早だと締め括っていたのだという。この繰り返しで月日は流れたが、安政四年（一八五七）十月十四日、千賀が奉行所に「代牢願」を申し入れた事で、千賀の孝心は宮腰のみならず金澤にも聞こえ、藩当局も漸《ようや》く赦免へと意が傾いたようだ。

諄々《じゅんじゅん》と説く弁吉の言葉を一言たりとも聞き漏らすまいと、きわは身を引き締めていたが、最後の言葉を聞き、思わず膝を進めた。

「それじゃあ、喜太郎は戻して頂けるんですね」

「聞いているのはここまでで、赦免がいつとは見通せぬ」

弁吉の答えに、きわは手をついて頭を下げた。

「願いを受けてもらえた事を千賀に話せば、千賀の心も満たされましょう」

その姿を見て弁吉は、銭屋に時折訪れながらも今まで話せなかった事を詫び、この夏に弁吉が目にした出来事を話し出した。

「それはそうとして、千賀の孝心が、真龍院様から藩主斉泰公に伝えられたとも聞いた」

五兵衛が捕らえられてから、弁吉は五兵衛の仲立ちで頼まれ仕事をしていた数々の屋敷から足が遠のいていたが、そんな屋敷の主から久方ぶりに声が掛かったのだという。

「浜遊びで屋敷に寄られる客人が、話に聞く弁吉のからくり人形を見てみたいと所望されるので、人形を持参し、もてなしてほしい」

主には珍しくごり押しの申し出で、弁吉は断る事も大人気ないと承知した。

屋敷前に長棒駕籠が並び、案内されたのは馥郁たる部屋で、弁吉は場違いな所に来た事を後悔したが、持参した人形の支度を終え、客人が待つ部屋へと導かれて腹を括《くく》った。

「少し尋ねたき儀があり、呼び立ててご迷惑をかけ申し訳なく思っておる」

左右に連れとおぼしき女人を置き、床の間を背に座った女人が、弁吉を見て声を掛けた。続けて、侍女を仲立ちとして弁吉に頼んだ細工物の礼を言われた。

「大切に使わせてもらっておる」

髷から抜いた笄《こうがい》を見せられ、弁吉は上座で微笑む女人が真龍院様と気が付いた。

それから後の事は、側仕えに聞かれるままに答えた事は覚えているものの、人形を操って方々に喜ばれた後、座を立ったのも不確かだった。真龍院様自らの声掛けはなかったが、銭屋の女たちが辛苦の中に居る事や千賀の奉行所通いを訴えた時に、暫く目を閉じ念じておられた姿が弁吉の目に焼き付いた。

屋敷の主からは改まっての話はなかったが、

「亡き五兵衛への気持ちと思って、素直に納めてくれ」

と渡された過分の褒美に気が咎めていた弁吉は、主に言われたこの言葉で、真龍院への進言が自分一人ではないと察せられ、千賀の労苦が報われる日がきっと来ると確信したそうだ。

初めて耳にする話ばかりで、きわは今まで少し変わり者といわれる弁吉と敢《あ》えて関わり合いを持たぬようにしてきたのが悔やまれた。弁吉の顔をまともに見られなかったが、最後の頼りと覚悟を決めた事で、訪ねて良かったと満足した。

「待ってる間、弁吉さんの奥さんの手助けをしていた」

得意顔の下男を促して弁吉の家を後にしたきわは、一刻も早く千賀に知らせてやりたいと思ったが、喜太郎赦免の裁きが下りたとの確たる知らせでない事が心もとなく、宮腰が近づくにつれ、足は重くなった。

「弁吉さんを訪ねた事は、誰にも言わぬように」

固く口封じをして下男を帰し、耳にした話を思い遣《や》ろうと海辺の汀に佇《たたず》んでいた。

千賀の代牢願い出やそれまでの奉行所通いが、親を想う子の孝心として広まり、運が良ければ喜太郎が赦免されるのではないかと世間で言われ出すと、弟佐八郎の妻のていや、笠舞村の九兵衛、大野村の木津屋喜助の子たちが、永牢の裁きを受けた夫や親の代牢願いを持って奉行所へと出向いた。

本家与三八宅で寝起きを共にする女たちが互いの腹を探るような日々が続く中で、きわは弁吉から聞いた話を千賀に告げる事も憚《はばか》られ、いずれ日ならずして届くであろう良き知らせを待った。


事が進まぬまま年を越すのかと思われる、変わりない日々が過ぎる。師走の声を聞くと、気弱になったきわは、急な寒さで床に就く事が増した千賀に、

「真龍院様も千賀の孝心に心を動かされたようだから、きっと願いは届くと思うよ」

と、初めて弁吉を訪ねた事を打ち明けた。

「母様が弁吉さんの処へ」

驚いて床に膝を正した千賀に、弁吉から聞いた話を聞かせると、土気色の頬に紅色の生気が蘇った。

「真龍院様と対面した弁吉さんは、からくり人形を操った事さえ定かに覚えておいでではなかったそうな」

「弁吉おじさんの姿が目に浮かぶ」

きわの言葉に、久しぶりに千賀が声をたてて笑った。


そうした中、待ち焦がれていた日がやっと来た。

安政四年（一八五七）十二月二十四日、奉行所より喜太郎宥免《ゆうめん》の恩命があり、「公事場が開く二十六日に迎えに参るように」と沙汰があった。

「喜太郎を迎えに揃って出ていただくよう、一類の方々にお願いしてもらえまいか」

きわにそう乞われた与三八は、

「喜太郎の赦免を一類に頼んでほしい」

と頼み込んだ、今は亡きまさの姿を思い出していた。まさと、目の前で縋るような眼差しを向けるきわの姿が重なり、いつしかきわも銭屋の女として活《い》き始めたのだと感慨深かった。

与三八が知るきわは、銭屋喜太郎の嫁として舅五兵衛や姑まさの陰でひっそりとして目立たなかった。当家預かりとなってからも、まさと千賀の睦まじい姿はよく見掛けたが、顔を合わせる事も滅多にない。まして言葉を交わす事などなかった。

まさが亡くなった後、きわが顔を見せ、今まで千賀の奉行所通いを知らずに居た事を明かし、本家を煩わせたのではと詫びてきた。そして、これを機に、千賀と共に藩の沙汰など仔細にわたって訊ねる時もあり、頼みとする思いも伝わる中で、きわの、日を追って気張る姿が目に付いた。

そんなある日、千賀が奉行所に代牢を願い出て、いっとき思い煩う様子を見せていたきわが、珍しく下男を伴に何処かへ出かけた後、改まって与三八に頭を下げに来た。

「喜太郎赦免の暁に住まう家の、手はずをしていただけないものか」

手を合わせて言ったきわは、

「義弟佐八郎夫婦の住まいもお願いしたい。用立ては心当たりがあるから」

千賀や佐八郎の妻ていにも内密にと、重ねて頭を下げた。

当家預かりの時には幼かった喜太郎の息子余計松も、はや八つとなっていた。

真摯に銭屋の行く末を思慮するきわの姿に心を打たれた与三八は、喜太郎が立ち戻っても、今の心持ちを胸に刻んで気丈に生きてほしいと念じた。

＊

安政四年（一八五七）十二月二十六日、明け五つの公事場が開くのを待ちかねて、千賀をはじめ一類の人々が出迎える中、喜太郎が姿を見せた。

五年にわたる入牢で、青白く痩せこけた顔と、おぼつかない足取りの父を目にして、千賀は溢れる涙を拭う事さえ打ち忘れ、一類の人たちに背を押されるようにして喜太郎の前に進んだ。

前に進み出た、着古した袷に身を包む痩せこけた娘が千賀と知り、喜太郎は一類の人たちに向けた柔らかな顔を歪めた。互いに掛ける言葉はないものの手を取り合って頷く二人の姿に、一類の人たちの間からすすり泣く声が漏れる。喜太郎と千賀は居並ぶ人たちに向き直り頭を下げた。

公事場を後にした二人は、きわと余計松が待つ宮腰の寓居《ぐうきょ》に入り、久方ぶりに親子水入らずの時を過ごした。

「今回の事は、娘の孝心による特別の思し召しだ。永牢の咎人《とがにん》が赦《ゆる》されるはずがなく、この事を前例とするわけにはいかない」

喜太郎は、ここに到るまでには藩の当路者《とうろしゃ》の間で相当議論され厄介だったと、出獄時に公事場の役人から明かされていた。

川の字に並べた床で寝付けぬきわは、先ほどまで余計松の寝顔を飽きずに眺めていた喜太郎が、床に就いたが何度も寝返りを打つ姿にそっと声を掛けた。

「眠れぬようなら、行燈の灯りを消しましょうか」

「いや、灯りに照らされ休んでいたので、暗がりの方が寝られん」

　喜太郎が振り向き、持ち上げた上掛けに誘われるようにきわが床に枕を並べ、身を横たえた。幾年月ぶりかで顔を埋めた喜太郎の痛々しいほど薄くなった胸板に、囚われの身で過ごした辛苦の日々が思われ、きわは込み上げる涙を堪えて瞼を閉じた。

「千賀のお陰で赦免となったようで、永牢の宥免は、今後二度とはないと言われた」

　いつしか行燈の灯りが消え、障子越しに差し込む薄明かりの中で、問わず語りで言った喜太郎の話がきわの心に掛かり、眠れないまま朝を迎えていた。

　数日前、喜太郎宥免の知らせで慌ただしいきわに、

「喜太郎さんが帰られたなら、今度は佐八郎にもお許しが出るよう力を貸してほしい」

　佐八郎の妻ていが改めて頭を下げに来た。

「必ずそんな時が来るから」

　この後に宥免が二度とないとは知る由《よし》もなく元気づけていたきわは、話が出たついでにと佐八郎の住まいも手はずしたので移るように勧めたが、

「佐八郎赦免の折には、そのようにさせていただく」

　本家与三八宅で佐八郎を待つとていに言われ、きっぱり手を払われていた。

＊

千賀は床を延べながら、家財一つない薄暗い部屋の中を見回した。

「なぁんにも無い」

口を突いて出た言葉に独り微笑みながら、こんなにも満ち足りた思いでいるのに、まだ何が欲しいと自らを戒め床に端座し、父を迎えた今日一日を思い返し両手を合わせた。

父喜太郎の赦免を願う事だけで過ごした日々は、思いが届かぬもどかしさと寄る辺なさで心が折れそうな時もあったが、苦難の道を歩んだからこそ、今日の大きな喜びに結びついたとも思える。祖母まさとの約束を果たす事ができ、千賀の胸のつかえが取れた。

それにしても、何もできない何もしないと思っていた母きわが、弁吉を訪ねて大野まで行ったり、喜太郎が赦免の後に住む家を手はずしたりと、見紛《みまが》うほど力を揮《ふる》った事が、千賀は我が事のように嬉しかった。身内揃って襖を隔て床に就く喜びはこの上もなく、数年ぶりに心安らかな眠りについた。

「今度こそ、手を離さないで」

眠りの中で千賀は、久方ぶりに会えた要蔵に甘えて差し出した手を、握り返す手も言葉もない事にもどかしくて焦れていたが、目が覚めて夢と気づき、流れた涙が耳を濡らしていた。

＊

喜太郎を迎えた寓居には、この日を待ち侘びていた一類の人たちや奉公人たちが訪れて、襖を隔てての話は否が応でもきわの耳に入った。

以前は商いの事には耳を塞ぎ関わりを持たずに居たが、今、喜太郎が心から信ずるのは妻である自分をおいて他に居ないとの思いで耳を傾ける事も多くなった。喜太郎の問い掛けに答える喜びにも気づき、時には、耳にした話で気落ちしたり熱《いき》り立ったりする喜太郎を宥《なだ》める事もあった。

喜太郎がぽつりぽつりと話すには、捕らえられた時、封印され銭屋一類に預けられた喜太郎所有の箪笥に残した銭財は、家財闕所の為に藩の役人が来る前夜に、姑まさの采配で持ち出され、残り少なかったそうだ。この話は、寓居に落ち着いた喜太郎が、まさが託した文を千賀から差し出され、披見《ひけん》して分かった事と告げた。

「母の仕業を知っていたか」

問われたきわは、姑まさの様子に気を使う余裕もなく過ごした頃を責められるようで身の置き所がなかった。

藩の役人が家財闕所で来た時の事で、当時きわも本家奉公人から耳にしていた噂話を、喜太郎は先日初めて知らされたと言って、改めてきわに話してくれた。

「何十頭もの馬が、銭屋から沢山の千両箱を積んで金澤城へ運ぶ道中は、目にした宮腰や金澤の町人たちを大層騒がせた。そんな中で、先頭から六番目の馬が、何かに驚き突然暴れて、千両箱を積んだまま走り出し、大きな反物屋の店の中に飛び込んだという。その時店に居た幼い女の子が馬に蹴られ、惨《むご》たらしく命を落とし、追ってその店には藩主より多分な見舞金が届けられたそうだ」

聞かされた出来事を話しながら運ばれた家財に想いを寄せる喜太郎の横で、きわは、娘を失った親御さんに申し訳なかったと、そっと手を合わせた。

数多い話の中で、喜太郎が怒りに身を震わせた後に肩を落としたのは、家財や蔵荷物の競売や、不動産の競売もさることながら、銭屋の債権全てが無利息五十年年賦返済とされたことで、これ幸いと義理を欠く取引先などの人々が大勢居て、これをもって銭屋に見切りをつけた奉公人が少なくなかった事だ。きわは夫に掛ける言葉もなかった。

＊

父を気遣い寄り添う母の姿は千賀の目にも好ましく、きわの物腰が祖母まさのようにも見えた。人あしらいも思いのほかで、母の中で加賀本吉の商人の血が今目覚めたのではないかと感じて、父母と共に銭屋を再建する事も夢ではないように思え、ここで会心してはいけないと千賀は気を引き締めた。

慌ただしくも賑わいのある日々の中で新しい年を迎え、久方ぶりに元旦を親子が顔を揃えて祝う喜びで、きわと千賀は柳行李《やなぎごうり》の底に仕舞ってあった着物に袖を通した。

松の内が過ぎて、千賀は、家を空ける事ができないきわに頼まれ大野の弁吉の元を訪れた。突然の来訪に驚きながらも顔を綻ばせる弁吉が、千賀を招き入れた。

伴の下男を帰し、弁吉夫婦に慎ましやかに頭を下げる千賀。

「えろう別嬪《べっぴん》さんになって。どこへ行っても孝行娘との評判を聞く。よう頑張ったなぁ」

「母の話を聞いてもらったそうで、父が帰って直ぐにお礼に来なならんのに」

「家族揃うて正月迎えられ、ほんま良かったなぁ」

弁吉が声を掛け、千賀と弁吉見交わす瞼が潤むのを、笑顔に変えて互いに頷き合った。

「ごゆるりとお話しやす」

弁吉の妻うたが座を立った。

「千賀たちの事はいつも気に掛かっていたが、まささんが居らんようになった銭屋本家へは、よう行けんで堪忍な」

改めて千賀を見て頭を下げた弁吉に、千賀が答えた。

「ばば様の最後の願いを叶えようとしてたあの頃の日々は、あまり思い出したくないし、今では思い出せんようになった」

語り合うほどに弁吉は、千賀が幼子の頃「大野のおじさんが来る」と言って要蔵に手を引かれ、五兵衛の隠居所へ駆けつけて来た事を思い出し、帰らぬ人たちと過ごした楽しかった日々の話に花が咲いた。弁吉と五兵衛の語らいを真剣に聞いていた要蔵の姿や、弁吉から貰った覗きめがねを、せがまれて覗かせた千賀の驚いた様子に大笑いしていた時の要蔵の顔などを、二人で思い出しては話した。

千賀は要蔵の事を思い切り話せる事が嬉しく、弁吉は嬉しそうに話す千賀が愛おしかった。

話は尽きないが、頃合いを見て千賀が暇乞いを告げると、弁吉が思い出したように言った。

「要蔵と暮らしてたお鉄が、宮腰の寺に住んでいるそうだが聞いとるか」

首を横に振る千賀に、重ねて弁吉が言う。

「刑場で一緒だった坊さんについて金澤の大乗寺へ行ったが、時を置かずに得度して、京都の寺へ修行に向かったと聞いてた。だが、このところ宮腰の寺の釈迦堂に寝起きしてる尼さんが居て、お鉄やないかと辺りで囁かれとるそうな」

　初めて聞く話に、戸惑いを隠せない千賀を見て、

「違うとるかもしれんから、いま一度聞いとくな」

　弁吉が話を納めた。

　折よく、気を利かせたうたが手配した駕籠が来て、千賀は、また会える日を希《こいねが》う弁吉夫婦に名残惜し気に送り出された。

「千賀さん、影が薄いように思えへん」

　千賀の乗った駕籠が遠ざかるのを見送って、弁吉を見てうたが呟いた。

「身体も細うなって、顔色も良うないなぁ。千賀には、しんどなったら使い寄こせ、直ぐに医者遣《つか》わすからと伝えたけど」

　曇った顔で弁吉がうたを見返した。

＊

　きわの頼みで代わりに訪ねた弁吉の家から帰って以来、千賀は疲れ切った様子だっ

た。案ずるきわは、年が明けてからも気分が優れない千賀に、無理をさせたのではと気に病んだ。

「父様が帰った事を、弁吉さんはことのほか喜んでいた。それから、じじ様たちとの楽しかった頃の話を、時が経つのを忘れるほどいっぱい話した」

そう告げる千賀は他に気掛かりがありそうで、きわには珍しく千賀を問い詰めた。

「お鉄が尼さんになって、宮腰の寺に居るそうやて」

千賀が口ごもりながら続ける。

「要蔵にいさんの処刑の後、金澤の大乗寺で得度して、京都に行って修行してたのが、宮腰に帰ったらしいって」

初めて知ったように、弁吉に教えられた話をする千賀を見て、きわは訝しんだ。

「お鉄が、刑場で一緒に居た坊さんについて金澤の寺へ行った事は、あの次の日、本家でばば様たちと与三八さんから話を聞いてたやろ」

要蔵が磔刑の翌日、姑まさをはじめとする分家一同が、本家の息子与三八から刑場での話を聞いた事や、その時女中が、

「お鉄さんが、金澤の寺へ行くようだ」

と言っていた言葉を、千賀は殆《ほとん》ど覚えていないと分かり、きわは、要蔵を未だに想い切れない娘が不憫で愛おしかった。

「お鉄に逢いたい」

問うきわに、千賀が幼い子のように頷く。

十六で銭屋に女中奉公に上がり五兵衛に可愛がられたお鉄を、六つ違いの千賀は姉のように慕っていた。

「じじ様の隠居所で、要蔵にいさんとお鉄と三人で遊んで、楽しかった」

千賀が笑顔で告げるのを、きわは何度も聞いていた。

睦み合う中で要蔵が、互いに心を寄せる千賀と一緒になりたいとの思いを告げ、

「実の弟が儂《わし》の娘となんて到底受け入れられない」

と喜太郎がえらく反対し、きわも同調した。

千賀を諦め、千賀が姉と慕うお鉄と連れ添った要蔵に、年若い千賀がどれほど傷ついたか知れない。きわから見れば、要蔵の当てつけとも取れ、そんな事さえなければ今頃、お鉄は千賀の良き話し相手となっていたと思われる。

あの時、千賀と要蔵を添わせていれば後の騒動もなく、その後の親子の行き違いや苦しみも味わわせずにすんだのかも。

「お鉄の居所を捜して会ってもいい」

物思いで口を閉ざしたきわに、縋るような眼差しで乞い願う千賀。きわは思わず頷き、お鉄が貰い受けたという要蔵の遺骨に手を合わせて、千賀が積年の想いにけりを

付けてくれる事を念じた。

直ぐにでもお鉄を捜したいと言っていた千賀が慣れない家で寒を迎え、あまりの冷たさに負けたか寝込む事が多くなった。

「お鉄の居所が知れたか」

顔を出すたびにきわは、千賀から繰り言を聞かされた。

きわが、時折訪れる奉公人にそれとなく尋ねると、お鉄とは細々と行き来しているという女が運良く知れて、直ぐさま、宮腰の海月寺釈迦堂に住んでいるとの知らせを寄越してくれた。

節分が過ぎ、親子四人での暮らしも落ち着きを見せた頃、

「無事に帰れた事を先祖にも感謝してるので、菩提寺の本龍寺にある墓を新しくしたい」

そう言い出した喜太郎に代わって、きわが本龍寺に出向き住職と話す事となった。

本龍寺で用事を済ませたきわは、宮腰の寺のことゆえ、宗派は違うもののこの機会にと思って住職に問うてみた。

「海月寺の釈迦堂に住む尼さんの話を、聞き及んでおりませぬか」

「そういえば、金澤の大乗寺と縁ある海月寺の釈迦堂に、京都で修行を終えた尼僧が

独りで住もうておると聞いたような。付き合いのない寺で、詳しゅうは知らんがな」

「舅五兵衛がたいそう可愛がっていた奉公人が、仏門に入って宮腰の寺に居ると人伝に聞いたもので、ぶしつけな事を尋ねてすみません」

答えた住職に、きわが礼を言って話を納めた。

銭屋の墓の話に来て、お鉄の居所が海月寺釈迦堂と確かめられ、きわは、千賀だけでなく舅五兵衛にも急かされているように思われた。海月寺がここから遠くないと聞いた事もあり、その足で寺に向かう事にした。

伴に連れた下男は、要蔵が捕らわれた時に銭屋へ告げに来た男で、それまで仕えていたお鉄と突然別れて以来、六年余りを銭屋の女たちと共に過ごしていたが、お鉄の事のみか、要蔵の死もまだ知らない。不意にお鉄に会ったなら下男が驚くのではと、きわは心配した。

家へ帰る道とは違うことで、歩みを止めた下男に、きわは声を掛けた。

「千賀が会いたがってる人が居る寺に寄るけど、お前も会えばきっと嬉しいと思うよ」

「要蔵おあにいさんか」

きわは突然問われて狼狽《うろた》えたが、千賀と同様に、要蔵の事が想い切れない者がここにも居ると知って、心が痛んだ。

雪道がぬかるみ、思ったより手間取ったが、やがて、曹洞宗の寺らしく簡素な屋舎《おくしゃ》の前に立ち、きわは勇んだ下男に背を押されるように中へ入った。

薄暗い上がり口から磨き込まれた床板が奥に続いていて、訪《と》うきわの声に小さく答える声がした。

床板を踏む音と共に作務衣姿の尼僧が現れ、きわたちの姿に目を留め、立ち竦《すく》んだ。

「お久しぶりです」

お鉄が深々と頭を垂れ、きわは、剃り上げたお鉄の頭が可愛く思えて声を掛けた。

「丸刈りが、よう似合うて」

頭を上げたお鉄に微笑みかけたきわに、お鉄も、強張った顔を崩して微笑んだ。

そんな二人を見ていた下男が、

「おあねさんかぁ」

驚いて問い、お鉄はゆっくり頷いた。お鉄が差し出した手に縋りながら、

「要蔵おあにいさんも一緒か」

と奥を覗く下男を上がりがまちに座らせ、下男にも分かるようにと言い聞かせた。

そんなお鉄の姿を見て、きわは、お鉄が仏の元で過ごして辛苦を乗り越え、今は穏やかな心持ちでいるのを感じ取り、きっと千賀の良き話し相手になってくれると確信した。

話は尽きないものの、如月の陽が落ちるのを気に掛けながら、

「きっと千賀に会いに来るように」

とお鉄に念を押したきわは、名残惜しそうな下男を急かせて、千賀の元へと足を速めた。


数日後、衣に身を包んだ尼僧姿のお鉄が来て、喜太郎や千賀に頭を下げた。

「長の御無沙汰でした。旦那様たちにも御迷惑が及び、本当に申し訳なく思っております。この度は、尼となって再び宮腰に戻ったご挨拶に上がりました」

お鉄が告げる言葉に喜太郎は無言で頷き、千賀はお鉄ににじり寄って、顔を上げたお鉄と見つめ合っていた。やがてお鉄が静かに微笑み、釣られるように千賀もにっこり笑み頷き、そんな二人を残し喜太郎ときわは部屋を後にした。

お鉄と逢いたいとの願いが叶い、母から近々会えると聞いていたが、千賀は、顔を合わせた時に心が乱れるのではと思うと、「会いたい、会いたくない」と揺れる思いの中で過ごしていた。だが、そんな気遣いもお鉄に触れて忽《たちま》ち消え失せた。

千賀がお鉄を疎《うと》ましく思えたのは、要蔵がお鉄と添い合うと知ってからの事。千賀の要蔵への想いを知りながら何故にと、お鉄の幸せを素直に祝えなくて、二人から遠ざかり、要蔵が「千賀と添いたい」と申し出たのを断ったのが父喜太郎と知ってからも、父への恨みは別として二人を受け入れられずにいた。

要蔵が処刑された後、千賀は、胸の内で要蔵と語り合う幸せを知ってお鉄を忘れ、父のために神仏に祈る日々にも要蔵が心の支えだった。

こんな想いを、静かに耳を傾け分かってくれる人、それがお鉄と改めて知った。

「今度は釈迦堂で、要蔵さんと三人、昔のように話そうね」

話し疲れて辛そうな千賀を見て、お鉄が座を立った。

「奥様の後に、大野の弁吉さんが釈迦堂を訪ねてこられました」

そう言うと、お鉄は改まり、見送りに出たきわを見た。

「『ひと月ほど前に会った千賀の顔色が悪く、身に障りがあるのではと気掛かりなので、何かの時には医者を差し向けるから』と、奥様に伝えるように言われて」

千賀に会う事を告げたお鉄に、弁吉が言伝てを頼んだという。

「今ほど目にした嬢様の、お辛そうな姿が気掛かりで」

お鉄が心配そうな顔で、きわを見つめた。

「千賀にはえらい重荷を背負わせてしまって。長いことの疲れで、身も心も弱り切っているのではないかと思う。みんなに気遣ってもらい有難う。一度弁吉さんに頼んでみるわ」

お鉄に見つめられ、きわは、胸の内を見透かされそうな想いだった。目をそらすと、呟くように言って頷き、お鉄を送り出した。

年が明けてから、千賀が床に伏せる日が度々あった。

「寒いと床から出るのが億劫《おっくう》で」

気丈に微笑む千賀を見て、きわは、暖かくなれば元気になると信じたかった。やっと夫の喜太郎が帰り家族が揃い、次は家名再建をと皆が力を合わせる時に、再び誰かが欠けるのを恐れる思いが、きわの胸にあった。

具合の良い時は、行き慣れた神社やお寺へ詣でたり、本家へ顔を出したりもし、喜太郎と俳句の話に花が咲く千賀を見ていると、人目に気に掛かるほど千賀の身が悪いときわには思えない。

人一倍家名再建を願う身で弱さを見せられないのか、辛さを秘めている千賀が親にも甘えず水臭いと思うきわだが、一方で皆の期待が大きすぎて哀れにも思った。機を見て医者に診てもらう事を勧めるきわに、千賀は頑なに、要らざる気遣いと言って笑った。

数日後きわは、物憂げな千賀を宥めすかしてお鉄の寺へ連れて行った。

灯明が揺れ動く釈迦堂で、仏を前にお鉄と千賀が向かい合って座る。

「要蔵さんが、嬢様に会いたいって」

「ここに要蔵にいさんが」

お鉄が小さな包みを千賀に差し出す。

千賀が恐る恐る包みに手を触れ、お鉄の顔を見つめた。

「やっと、また三人で会えたねぇ」

お鉄が言い終える刹那、千賀が幼子のように身をよじらせ声をたてて泣き、そんな千賀をあやすように鉄悟道珍尼《てつごどうちんに》の読経が低く静かに聞こえる。釈迦堂の隅で、きわは涙を拭く事すら忘れていた。

そして、今日は春の暖かな陽射しを受け、縁に座った千賀とお鉄が楽しそうに話している。その姿を見ていると、横には二人と共に要蔵が居るようで、きわは千賀の幼かった頃が懐かしまれ、曇りのない千賀の顔や声からは病も消え去ったようにも思えた。

「少し前まで時折心がふさぐ時があったたん。それが、お鉄の寺で要蔵にいさんのお骨に触れてからは、穏やかな心持ちになって毎日が過ごせたんや。幼い頃だったか、浜辺で貝がら拾ってて独り逸れた時があって。泣いてたら要蔵にいさんの姿が見えて、ここに居るって大声で泣いて呼んだんやけど、お骨に触れたら、あの時を思い出してしまって」

お鉄の寺を訪れた時に、釈迦堂で泣いた心の内を打ち明けていた。

「仏様になった要蔵さんは、この世では声が聞こえず姿が見えなくとも、嬢様の心のお念仏で、いつも想いは通ずるんやよ」

千賀の話を聞き、顔を綻ばせたお鉄が、千賀に諭すように言い含めていた。

きわは、二人の話を聞いていたが、母の思いも知らない千賀を見て切なかった。

一方で千賀は、お鉄が言った「仏様は分かっておいでる」の言葉から、先日訪れた本龍寺で、喜太郎が新しく建立した銭屋の墓前で手を合わせた時、

「千賀、ようやったがもうひと頑張りや」

という祖母まさの囁く声が耳元で聞こえたのを、改めて思い出した。

家名再建の嘆願を一類の人たちの力添えでと願う父喜太郎や自分の心が、祖母に届いたものと嬉しくて、「佐八郎の赦免が叶うまで」と一類の人たちが立てる声で、思うに任せぬもどかしい心の内を、祖母は得心しているものと安堵した。

その後は、喜太郎の元を訪れる奉公人たちも日を追うごとに足が遠のき、一日を所在なく過ごす喜太郎と、夫や父を気遣うきわと千賀の、三人三様にして季節は巡った。


暖かくなってから千賀の具合は好転していたが、梅雨から夏に向かう蒸し暑さで、再び床に就く事が多くなった。

「今度こそ、医者に診てもらおう」

きわの言葉に千賀が力なく頷き、下男に持たせたきわの文を読んだ大野の弁吉が、「知

り合いだ」と言って蘭方医を連れて飛んで来た。

「もっと早くに言ってくるかと待っていた。お鉄にも言伝てしていたのに」

「言伝ては確かに耳にしてたけど、少し好《い》い目を見せ安堵してたので」

きわは、お鉄への言伝てを口にした弁吉に、下げた頭を上げる事ができなかった。

枕屏風の陰で千賀を診ていた医者が、部屋の隅に居たきわに外へ出るようにと目配せし、喜太郎が弁吉と共に待ち受ける元で、目を伏せて首を振った。

襖を隔てて床に就く千賀を気遣いながら口を開く。

「どこか湯治のできる所があれば、早くに移られた方がいい。もとより蒲柳《ほりゅう》（虚弱）の体質のうえ、心身共に無理を重ねたようで、流注毒《カリエス》（結核性脊椎炎）と思われる病は、すでに手の施しようがない」

医者の見立てを聞いて言葉を失った喜太郎ときわを残し、横で聞き目に薄らと涙を浮かべ肩を落とした弁吉が、医者と共に立ち去った。

薄闇が立ち込めた部屋で目が覚めた千賀は、常ならば灯りを燈しに母が来ているものをと思ったが、静まり返った隣の部屋から漏れる明かりを見て、我が子に起こった厄介事で母は灯りを燈しに来る事さえ忘れたものと、息を潜める父母の心の内を思って再び目を閉じた。

目を閉じながら、千賀は先ほどの事を思い返す。

「辛くないように薬を出すから、温泉にでも浸かってのんびりすれば」

「新しい医術学んだ人やし、よう診てもらい」

脈をとった医者に言われた事や、診てもらう前に、床に就く千賀の顔を覗き込んで弁吉が言った言葉と合わせれば、新しい医術でも施せないほど自分が思わしくない病と察せられ、時折襲われた下腹部の突っ張りも病のせいと合点した。だが、やっと父が帰り、親子水入らずの月日を重ねてきて、これからは叔父佐八郎が赦免される日を迎える事や、家名再建を願い出るという大切な事が控えているのに、湯に浸かってのんびりなどしては居られぬと思った。

とろとろとまどろみながら、風邪と思って床に就いたあの時に母の勧めを聞き入れ、医者に診てもらえば良かったと思わぬでもないが、いずれその時でも、成す術《すべ》がなかったかもと、千賀は微かな笑みを浮かべて眠りにおちた。

きわは、縁の方からぼんやりと月明かりが差し込む千賀の部屋を見ていた。幾度覗いても千賀が寝返りした様子もないため、医者から言われた不運が娘の上にのしかかっているように思え、一刻も早く湯治に行けるよう図らねばと、眠れぬままに心が急いた。

きわの申し入れで、喜太郎が俳諧で近づきのある山中温泉亀屋に文を届けたのを受け、きわはお鉄の寺へ、下男に文を持たせた。

「弁吉さんからも文が届いた」

どれだけ急いだのか、額に汗を浮かべたお鉄が下男の後ろから顔を見せ、きわと交わす言葉も少なに千賀の部屋に向かった。

きわが茶を持って部屋へ入ると、

「大丈夫。嬢様を、お浄土の皆さんが守っておいでや」

目を閉じた千賀の枕辺で、お鉄が顔を近づけ囁くように言っているのを目にした。

横に座ったきわと見交わす瞳が潤むのを振り払うように、お鉄が千賀に声を掛けた。

「嬢様。お鉄が作った飴湯を持ってきてますが、目が開きませんか」

その声に、やがて薄らと千賀が目を覚ました。

「目の前に、いっぱい美味しいもん並んだ夢見てたん。みっともない顔しとらなんだ」

お鉄の姿を目に留め、恥ずかしそうにおどけた口振りで言って微笑んだ。

きわは二人の姿を見ていると、春の頃の楽し気な姿が思い出され、あの頃に戻れはしない事が悔やまれた。

病を得た千賀が湯治に身を運ぶよう話し出す糸口を探っていたが、

「昨日医者が来て、湯に浸かってのんびりするがいいと言われたけど、そんな事してられない」

千賀に先んじられ、思わずお鉄の方を見て、どうしたものかときわは縋った。

「嬢様が、これ以上身を削ってまでもする事って」

　お鉄が柔らかく問いただした。

　千賀が口を開かなくても、思うところはきわには分かるが、この先は思いに任せぬ事ばかりだ。今は千賀の身が一番と念じながら、口には出さず二人のやり取りに耳を傾けていた。しかしお鉄の説き諭しにも千賀は譲らず、佐八郎の赦免を待って湯治に発つと話を納めた。

　千賀が覚悟を決めて迎えた盛夏、きわが手を尽くし設《しつら》えた籐の椅子に座り、父喜太郎と俳句を詠む事が千賀の暑気払いで、好不調と容態が目まぐるしく変わっていた。

　千賀は、母や父には気が休まる間もなく申し訳ないと思ったが、今は水入らずで過ごせる日が一日でも永く続くようにと、神仏に手を合わせていた。叔父佐八郎の赦免も間近のようだと耳に入る声が嬉しくもあるが恨めしくも思え、時折様子を診に来る医者と届けられる薬が頼りの我が身がもどかしかった。

　一方で、きわは、じっとりと汗ばんだ千賀の体を拭くと、目に入る浮き出た背骨が痛々しくて、何度拭く手を止めた事か。佐八郎が赦免となり、一日も早く千賀に湯治をさせたいと、暮れなずむ空に向かい手を合わせていた。

＊

代牢願いで喜太郎を出牢させた千賀に倣《なら》い、代牢を願い出ていた佐八郎の妻ていの一心不乱の貞心が、「今後は、永牢者の赦免はない」と言っていた藩を動かし、安政五年（一八五八）九月晦日、佐八郎の出牢が叶った。

この日、同じく永牢となっていた笠舞村の九兵衛と大野村の木津屋喜助が、いずれも子の嘆願によって宥免となり、之《これ》をもって藩は、約七年の永きにわたった銭屋一門一統の疑獄事件の幕引きとした。

佐八郎が帰り、妻ていが本家与三八宅を去って、佐八郎と共に、きわの手はずした住まいに落ち着いた。日を置かずして、喜太郎夫婦と佐八郎夫婦は揃って一類の人たちに、長年にわたり世話を受けた事を礼して労った。

十月に入って銭屋一類が、一類にて預かりの家屋・家財・地面・売掛代金・現金・船舶売却代金等を届け出た。それと共に、嘉永五年（一八五二）九月から六年十二月まで、家族・奉公人ら六十余人に、多額の掛かりを要した事や、獄中への差し入れの掛かり百九十八貫五十六匁が借り入れとなっている事、嘉永六年（一八五三）十二月から安政五年（一八五八）十月只今《ただいま》まで要した食扶持《くいぶち》五十貫三十九匁七分五厘、菜入用四十四貫三百五十八匁、不時入用や着類等に三十九貫三百八十八匁を費やしている事を、格別の御憐愍《れんみん》を以て取り裁かれるようにと奉行所に嘆願した。

銭屋一類より届け出された金高の覚書と、藩が安政元年（一八五四）より五年から六年間にわたり没収した財産の入札を行った折に付した金高を併せると、三百萬両を下らないものと思われ、他にも闕所の折に四散した財や、銭屋に隠匿《いんとく》された財があると憶測され、藩内では、「銭五の富は只ならぬ金高」と取り沙汰された。

このような一類の動きの中で、昔馴染みの下女を伴に連れ、千賀が山中温泉へと宮腰を後にした。

前夜は、泊まり込んだお鉄を相手に遅くまで話し込んだ。

「元禄二年（一六八九）七月、俳人松尾芭蕉が、奥州・北陸への旅の途中で金澤にも来て、九日間留まってね。最後には宮腰でも二、三日遊んだそうや。宮腰で開いた連句会では『小鯛さす　柳すゞしや　海士が軒《つま》』と、客人として挨拶の句を詠んだんやて」

千賀は上気した顔で、珍しく口数が多い。

「芭蕉が、金澤を発って山中へと足を運んだ道のりを、時を隔《へだ》ててとはいえ、同じ風光を眺めながら行けるから嬉しい」

言葉を継いで、童女のように微笑んだ。

最後の夜と思い、二人の横に床を並べたきわは、聞くとはなしに耳に入った千賀の話が、枕元に置いて時折開いていた芭蕉『奥の細道』の事だと気付いた。湯治に行かねばならぬ辛い気持ちを俳諧の宗匠に思いを馳《は》せ慰めていた事を知り、千賀を愛おしく思った。

「道中、無理をしないで行くように」

差し当たっての薬を抱えた医者と、医者の後ろから顔を覗かせた弁吉が、昼に来て千賀にねんごろに話していたので、千賀が金澤から山中まで十二里の道のりを病の身で駕籠に揺られて行く気掛かりも少し安《やす》んじた。しかし、病の千賀を世話する事も叶わぬこの先を思うと、娘の病に気付かず今まできてしまった口惜しさで、きわは我が身を責めた。

父喜太郎に、「家名再建の望みを決して諦めないように」と乞うて、九つの弟余計松に、「銭屋の名に恥じぬよう精進する事」と誓わせ、頷き交わしていた千賀。その夕餉の時の姿が思い出され、行燈を消した闇の中で眠らねばと閉じたきわの目尻から涙が伝った。

微かに聞こえてくる念仏に、きわがそっと床から抜け出て縁に立つと、明けやらぬ東の空に向かい手を合わせるお鉄の姿が目に入った。きわもそっと手を合わせると、千賀の出立の安穏を念じた。ふと気が付けば、瞼を閉じ手を合わせる千賀が横に居て、白々と夜が明けた。

旅支度の最後に、要蔵の形見の覗きめがねを包みに加えた千賀が、喜太郎・きわ・お鉄・下男が居並び二挺《にちょう》の駕籠が待つ門口に顔を見せた。包みを胸元に抱き駕籠に腰を下ろすと、もう一方の駕籠に下女が包みを抱え腰を下ろして、駕籠かきが声を併せて擡《もた》げた。

その時、家の奥から素足で飛んで来た余計松が、千賀の駕籠に縋り付き、声高に泣き出した。駕籠の中から宥《なだ》める千賀と、後ろから抱き留めるお鉄を見て、前触れのない余計松の姿に、きわは言葉もなく立ち竦んでいた。

*

奈良時代の高僧行基が山中で湯の合わさるせせらぎを見つけ、湯の守りにと丸太に薬師仏を刻んで祠《ほこら》を造ったところ、多くの人がその湯で病と疲れを癒やした。時は過ぎ、平安末期の頃に能登の地頭長谷部信連《のぶつら》が、山陰《やまかげ》の流れで傷めた足を癒やす一羽の白鷺を見つけ、その場を掘ると、五寸ばかりの薬師如来像と共に美泉が湧き出し、信連がここに十二軒の湯宿を開いたのが山中温泉の始まりと語られている。

そんな山中温泉で、千賀の闘病生活が始まった。

里より一足早く紅葉に身を染め始めた山々の懐で、色付いた木々を映し秋の陽に煌《きら》めく渓流の流れに寄り添い、白鼠色《しろねずみいろ》の湯けむり立ち昇る山中。

「湯に入って、一休みして、また湯に入って」

千賀は医者が冗談めかして言ったような毎日を過ごしていた。寄せる波と水平線が広がり、多くの船が停泊し人が行き交う活気ある湊の町、宮腰での日々が遠い昔に思われたが、日めくりを見ると月日が経っていない事が分かり歯がゆかった。

千賀の伴をした下女は、千賀が幼い頃から銭屋に奉公し、時折開かれた句会の下働きにも列《つら》なっていた。俳句を嗜《たしな》む千賀の慰めにもなるようにと、きわの配慮で呼び寄せられた者で、そんな下女が聞いてくる話は千賀の物足りない心に響いた。

「この地の人の間では、百五十年ほど前に九日間逗留した松尾芭蕉の事が語り継がれ、昨日まで居た人のように誇らしげに話してました。総湯も『有馬・草津と並ぶ三名湯』と讃えた芭蕉が山中で詠んだ句、『山中や　菊はたおらし　湯の匂ひ』から名付けられたそうですよ。ここ山中での俳句の振興は宮腰の句会の比ではないようで、芭蕉が逗留したのが泉屋旅館で、その時に芭蕉から俳句の手ほどきを受け『桃妖《とうよう》』の俳号を授けられた泉屋の主人が、山中での俳句の振興に終生尽くした賜物だと聞かされました」

総湯「菊の湯」で聞き込んだ話をした。

頷きながら聞いていた千賀に、不意に下女が尋ねた。

「嬢様、俳句って発句の事で、芭蕉さんが旅で好んだのは連句だそうですね。連句は俳諧というから、芭蕉は俳諧師と言われていたって本当ですか」

「そうやねぇ。宮腰での句会も発句より連句が多かったように思う」

改まり問われた千賀が答え、祖父五兵衛や父喜太郎そして要蔵と、句を詠みあった日々を思い起こした。湯に入るほかは手持ち無沙汰なため、下女に問いかけられるままに父から教えられた事を語り始めた。

「平安時代前期の『古今和歌集』の中の、滑稽な和歌が『俳諧歌』と呼ばれ、俳諧とは滑稽・戯れ・機知・諧謔《かいぎゃく》などの事で、これまでの正統な連歌と分かれて俳諧連歌が成り立つ。そして何人かが集まり順に句を詠むのが連句で、松尾芭蕉が詠む最初の発句が『侘び寂びの巧み』といわれ、発句だけ詠む事も多いんやて。連句のための発句を『立句』、発句だけのものを『地発句』と区別して呼ぶようになり、俳句とは地発句の事や」

「嬢様も、句を詠み始めたら宜しいのに」

難しい話はたくさんとの顔で、下女が千賀に勧めて席を立った。

千賀も山中へ来て気持ちが和らいだように思え、湯治の様子をしたためた宮腰への文に、山中で詠んだ句を書き添えようと思った。

＊

宮腰を後にして山中温泉へと旅立つ千賀を見送ってからひと月余り経ち、気が抜けたきわは為す事もなく侘《わび》しそうな喜太郎を誘い、衆目を避けて本龍寺を訪れた。銭屋の墓前で、先行きの不安と家名再建の成就を思い、墓の中の姑まさに縋った。

人目を憚り一人で墓参した事のなかった喜太郎が手を合わせ拝む姿を見て、きわは、どんなにか息子を待ちわびていたであろう墓の中の五兵衛やまさの想いと、僅《わず》か会えないだけで娘が気遣われる我が想いとを重ね合わせ、これまでに何度か墓参しながら、喜太郎を伴わなかった事を舅と姑に詫びた。

これより数日前、喜太郎を訪ねてきた本家与三八から、銭屋の家名再建を一類から奉行所へ嘆願する事は、暫く間を置かせてほしいとの申し入れがあった。

「佐八郎さんの出牢が叶ったので、次いでは家名再建を」

と言い置き山中へ行った千賀のひたむきな思いを受けて、喜太郎が度々の申し入れと思いながらも一類への口利きを本家与三八に乞うていた応えだったが、喜太郎は逸る心に水を掛けられたようで気落ちしていた。

「佐八郎様の出牢後、銭屋闕所時にご親戚預かりとなっていた財産の売却代金と、ご親戚がお引き取りになった奥様たちや奉公人に費やした金高が、ご親戚より奉行所に申し出されておりますので、ご親戚方にも思うところがおありでは」

つい先日、久しぶりに喜太郎の元を訪れていた奉公人から耳打ちされていたきわは、これを話す事で喜太郎が一類への疑念を抱くのではと思い、一人胸の内に納めていた。

それにつけて思い出されたのは、以前居た番頭や手代たちが潮が引くように居なくなった時、一類の一人から掛けられた言葉だった。

「きわさんは、心の内を打ち明けられる番頭一人居ないの」

「何をおっしゃってるのか分かりませんが」

何を尋ねているのかと問うきわ。

「その辺は、まささんは賢くて、何人ものお子の中には一人くらい」

「もうそれくらいにして、確かな証もない戯言《たわごと》を」

横で止める老齢の一類が居なければ話し続けたであろうこの人は、「商家に嫁いだ女なら、それくらいの覚悟を持って」と話を納めたが、言われたきわは事あるごとにこの話が思い出され、一類の人たちが銭屋の先行きを話していると聞いて怖かった。

与三八の言葉に気落ちしている喜太郎を久方ぶりの墓参りにと誘ったものの、晩秋のつるべ落としの薄闇の中、墓前から去り難い喜太郎を見てもきわは掛ける言葉がない。

息が詰まるような日々を送るきわの元へ、待ちかねた娘千賀からの文が届いた。

病の具合を気遣う母の胸の内を知ってか知らでか、書き綴られるは芭蕉の話ばかり。

「山中の地は、見るもの聞こえてくるもの全てが句作のお題です」と喜太郎に伝えてほしいとあり、いつか逢う日のために詠み溜めておくとの後に、「家名再建の叶う時に」と結んであった。

千賀からの便りが届いてないかと、きわの元へ二度ばかり顔を覗かせていたお鉄宛ての文が同封されていて、下男に届けさせた。

「嬢様は湯治に出掛けて良かったようやね」

下男の帰りについて来たお鉄が、きわに声を掛けた。

「それで、お鉄さんに千賀は何と言って」

お鉄への文に綴られた事を問うきわに、千賀の文を面白そうに話してくれた。

「湯の中で瞼を閉じると仏の懐に抱かれているように心地よく、お浄土とはこのような処かとしたためられていました」

便りでは、具合も案ずるほどではなさそうで、この先の雪深くなる山中へは行けないが、年が明けた雪解け時分には千賀の元を訪ねたいと話すお鉄に、きわがそっと手を合わせた。

きわは、落ち着かない歳月を重ねる中、永きにわたって里の加賀本吉の土さえ踏まずにいた。それなのに、家名再建も成らぬ有り様の今、娘千賀の元へとはいえ遠い山中の地を訪れるとは言い難い。千賀の病の事を思うと山中に向け気を揉むばかりだったので、お鉄の言葉で肩の荷が下り、心が救われた。

師走に入ると宮腰に雪が舞った。

訪れる人もなく千賀の姿も見られない家の中で、夫喜太郎と語る言葉も探し出せないきわは、一類の嘆願が折よく運び、一刻も早い家名再建をと念じた。そして雪深い山中で同じ思いで祈る千賀が、初めて一人で年を越す事に思いを馳せ、堪え切れずに頬を濡らした。

明けて安政六年（一八五九）一月、加賀藩の年寄より、「銭屋の債権は、今後全て帳消しとする」との下命があったと、一類の一人が息せき切って喜太郎の元へ告げに来た。

積もる雪で薄暗い部屋に寒の底冷えは手火鉢一つでは温もりもなく、端座する喜太郎の背を見てきわは、姑まさの死や家名断絶を牢内で知った時にも、夫はこんな背を見せ耐え忍んでいたのかと思いやった。小刻みに上がる夫の肩が示すのは、やり切れぬ腹立ちや哀しみなのか、膝をゆすって胸の内を問いただしたいと、きわは込み上げる思いをひたすら抑《おさ》えた。

それと同じ頃、一類から奉行所へ申し出ていた嘆願にも応えがあったものか、予てより一類に乞うていた家名再建の嘆願書が、二月になると、銭屋又五郎ら一類から奉行所へ申し入れられた。

*

そんな宮腰での時の流れも聞き及ばぬ山中で千賀は、旅の僧が届けてくれたお鉄からの文を日ごとに読み返しては、雪解けの時節をひたすら待ち焦がれた。

床に伏せる日が続くと、要蔵の覗きめがねを胸元に抱き、お鉄が教えてくれた念仏を唱えては病の辛さに耐え忍んでおり、千賀の背をさするほか術のない下女も、いつしか念仏を和していた。

四月に入って山中は、日陰に張りつく残雪はあるが、時折頬を撫でる風にも春の訪れが感じられた。湯上がりの千賀は、暮れなずむ夜空の朧月を見上げ、事なく過ぎた一日に手を合わせていると、部屋に戻った下女の後ろから宮腰に居るはずの下男が顔を覗かせ、暫くして、千賀が待ち焦がれていた衣姿のお鉄が姿を見せた。

着替えて旅館の亭主に挨拶してきたと思われるお鉄は、宮腰から早出でどんなに急《せ》いて来た事か、その疲れも見せぬように、千賀を見てにっこり微笑んだ。

「京へ上った時は、もっとはしっこく歩けたように思うけど、遅うに着いてごめんね」

「温泉に来たら、まずは湯に浸かって」

声を掛けたお鉄の手を取って、千賀は部屋を出る。

「亀屋旅館の内湯は、広くはないけど湯が豊富なの」

うわずった声で湯を語るのを見てお鉄は、千賀はどんなに自分を待っていたかと思うと愛おしさが込み上げ、繋いだ手を握りしめた。

湯に浸かるお鉄を残し、千賀が部屋へ戻ると、下男の荷解きを手伝いきわからの届け物を並べていた下女が、待ちかねた千賀の姿を見て満足そうに頷いた。

着替えや食べ物など数々の品や、薬の包みが並べられている。

「奥様が、嬢様はお薬をちゃんと飲んでるか聞いてこいと」

千賀を気遣うきわの言伝てを、ひたむきに話す下男。

「こんなに沢山の荷を運んで、母様の言伝てまで、有難うね」

下男に労いの言葉を掛け、娘に届ける品々を取り揃えたきわの心に、そっと手を合わせた。

湯上がりのお鉄と床を並べて横になった千賀は、取り留めなく山中での日々を話した。お鉄は、きわたちのこのところの事や弁吉からの言伝てを話し、薄闇に眼を凝らして互いを見遣った。

三日の間、お鉄は千賀と寝起きを共にし、湯に浸かるのにも付き合った。

湯に浸かる間、千賀は下腹にあてた手拭いを外そうとしない。

「まるで、ややが居るようになって」

呟いて薄く微笑む顔や、少しぎこちなくなった歩き方など思い合わせ、病とはいえ、年若い嬢様に惨い思いをさせている事が口惜しく、お鉄は、宮腰で気を揉んでお鉄の帰りを待つきわに、千賀の有り体を告げる言葉を思案した。

お鉄が山中を発つ朝、思いつめたように千賀が尋ねてきた。

「お鉄に訊《き》いたものか、銭屋の家名再建は奉行所へ届け出たのかねぇ」

「二月になって、一類の方々が届け出たと聞いていますよ。これはまた、大切なことを伝え忘れるところで、堪忍して下さい」

すまなそうにお鉄が詫び、それを聞いて安堵した様子の千賀が出立を促した。


この年も、千賀は山中で独り夏を過ごした。

かりそめの　世をうきぐさの　茂り哉
閑古鳥　人静まれば　軒の風
せつかれて　温泉に入る頃や　時鳥

そして迎えた秋。

菊はたをらしと　のたまひければ
盆すめば　けふから待つや　月の客

千賀独りで山中の四季を愛でて詠うて、いつしか一年が経った。

＊

きわは、宮腰に千賀が居ない二度目の年の瀬を迎えた。季節の移ろいを空虚な心持ちで過ごしたこの年を思い返し、膝元に広げた千賀からの文に目をやった。

お鉄が千賀の元を訪ねた時に持ち帰った文には、下男に届けさせた品々を取り揃えたきわへ労いの言葉が綴られ、お鉄と良い時を過ごせた喜びと、母様たちにも会いたいとの思いが察せられる言の葉が続き、幾度も読み返しながら、きわは千賀に会えない辛さを忍んで耐えた。

「奥様たちも嬢様の元へ一日も早くお訪ねされた方が。山中の湯は、本当に良うございました」

今思えば、千賀の様子を告げるお鉄が山中へ行くように勧めた刹那、慌てたように湯を褒め足したのが気掛かりだった。

その後、千賀と交わした文は幾通もあり、いつも山中での日々が楽しげに綴られているが、こうして並べてみると、筆の跡が独りの寂しさをきわに語り掛けている思いがする。

家名再建の願いが受け入れられず、為すこともなく、娘の元を訪ねる事もできず、互いにやり場のない想いを抱え、きわと喜太郎も宮腰で年の暮れを迎えた。

万延元年（一八六〇）の年が明け、昨年二月に申し出た銭屋家名再建の嘆願が、一年過ぎても奉行所より許しが下りぬまま五月になって、此度は銭屋与三八をはじめとする、親族一統による再度の家名再建の嘆願として、奉行所へ申し込まれた。

この年も、千賀は山中で独り居て、宮腰で暮らすきわたちと遠く離れていても共に季節は巡り過ぎていた。


文久元年（一八六一）の五月を迎え、再度にわたる家名再建の嘆願が一年待っても思うに任せぬ中、喜太郎は千賀の元を訪ねる事を思い立った。事の起こる前まで銭屋で度々催されていた句会で、千賀も席を共にした事のある俳人橘田《きつた》春湖《しゅんこ》の書画帳をきわの前に広げ、「千賀に見せに山中へ行く」と言った。

俳諧の道を嗜んだ五兵衛の招聘《しょうへい》で金澤に移り住んだ春湖は、五兵衛の感化を受け俳句を嗜む喜太郎や千賀の師となり、「加賀の千代女にまさる俊才」と千賀を称した。

春湖が言ったことは宮腰の俳諧では隠れなく、その頃の千賀への想いが喜太郎の胸の内に甦り、きわは、久方ぶりに夫の生気が戻ったように思われ嬉しかった。

「千賀の様子を見に、山中へ行こうと思うてる」

千賀の元へ訪れる事をお鉄に話すと、

「医者に問うて、そろそろ嬢様を連れ戻しては」

きわはお鉄に言われた。

「病が高じているのでは」

前から気掛かりだった千賀の様子を問い詰めて、お鉄から聞き出した話にきわは狼狽したが、何も告げずにこれまで耐えた娘を思うと、愛しくて一刻も早く山中へと気が急いた。

「暑さの盛りに、山中から宮腰まで帰る駕籠の旅は、娘さんが病の身では辛かろう」

お鉄の勧めで問うたきわに、医者が言った。

喜太郎ときわは、気を揉みながらの炎節《えんせつ》を過ごし、朝夕の風が涼やかになる時を待ちかねて、山中へと出立した。

駕籠から降り立ったきわは、宮腰より夕暮れが早い山中温泉の迫るような木々を見て、この地で独り、病と取り組んだ千賀を思うと一刻も早く会いたくて、宿の亭主と話し込む喜太郎を残し、千賀の元へと急いだ。

小さな庭を望む部屋を覗くと、縁の椅子に背を凭《もた》せて座る千賀が居た。突然現れたきわを見て驚いている千賀。立ち上がろうとするが、下女に身を持たせなければ立ち上がれない娘の姿に、きわは言葉を失った。

「千賀の顔が見たいと思い立ったら、待てなくて」

不憫な思いを押し隠し、明るく声を掛けたきわに千賀が微笑む。

「母様のする事は、いつも出し抜けで」

「千賀の文にあるお浄土の湯に浸かりたくて、思い切って来てしもた」

千賀の笑顔を見てきわも微笑んだ。

喜太郎が部屋に入ってからは、千賀は下女の手も頼らず気丈に語らい、そんな千賀を気遣ったきわが夫を誘い湯殿へ連れ立った。

久方ぶりに喜太郎親子三人で川の字に並べて床に就いた。疲れで程なく寝息を立てた喜太郎を横に、きわと千賀は、縁から差し込む月明かりでぼんやり浮かぶ互いの顔を見合わせる。言葉はなくともお互いに心の内が痛いほど分かり、闇に紛れて枕を濡らした。

宿からのもてなしと言われ常にない朝餉を囲み、時の経つのを忘れていたが、下女に湯浴《ゆあ》みを勧められた。開け放した窓から初秋の爽やかな風が流れ込む湯殿で、立ち昇る湯気が揺れる中、きわが目にしたのは、少しねじれた後ろ姿を見せ大儀そうに湯に浸かる千賀の姿だった。共に湯に浸かり背を撫でるきわの腕の中へ、赤子のように千賀が背を丸めて身を預けた。

湯上がりで床に就いた千賀を横にして、きわは喜太郎に、千賀を連れ一日も早く宮腰へ立ち戻る事を勧めた。

しかし喜太郎は、持参した春湖の書画帳を見た千賀が、病の辛さを隠して喜ぶ姿に、

「千賀と二人で、ここで句吟と作画を楽しみたい」

予てよりの想いをきわに打ち明け、暫しの滞在を言い張った。

翌日、喜太郎は「娘と二人で句会を開きたい」と宿の亭主に頼み込んで、夕餉の後に座を設え、蠟燭の灯りが揺れる中で始められた。きわの進言で形だけの詠みとなったが、喜太郎と千賀だけでなく、座を見守った一同の心に残る夜となった。

下女に磨《す》らせた墨に、筆を浸して千賀がしたため、喜太郎も色紙に筆を走らせる。

十六夜《いざよい》や　橋のあちらに　見ゆる船　　　千賀
中空に　月あり山は　雨ながら　　　霞堤（喜太郎の俳号）

二人は続けて詠んだ。

つめたしと　見ゆるや露に　そう光　千賀
かりそめと　見えし時雨や　小半時《こはんとき》　霞堤

「辛抱できるか」

千賀に寄り添うきわが耳元で問うと、そっと頷いた千賀が句に絵を添え始める。喜太郎も筆を改めて絵を描き、居合わす宿の亭主と奉公人たちは、書画共に、名だたる師の下で教えを乞うた二人の筆の跡を目の当たりにした。

その昔、山中に逗留した芭蕉が付き人の曽良《そら》と、金澤から芭蕉について来た北枝と三人で、長丁場で詠まれたと言われる二十句の歌仙巻きとは比べようもないが、この地で二度とない、ささやかで心温まる、そして偽りのない句会を胸に刻んだ。

湯を浴びて部屋に戻った喜太郎に、

「父様、宮腰に戻りたい」

膝を揃えて言った千賀が、幼子のように声をたてて泣き出し、甘えてせがんだ。

程なく千賀は親子で山中を後にした。

山中での日暮が湯治のほかは床に伏せるか句を詠むばかりで、いつしか見るもの聞くもの全てが句の題材となっていた。

そんな千賀は、宮腰の海が見えると直ぐに口から句が零れ落ちる。

なでしこに　思いやらるる　磯の宿

と詠み、久方ぶりに家の庭を見ても、

ひとつずつ　咲く時見たき　桔梗かな

と句が口をついて出た。

宮腰に戻ってからの千賀は、道中の疲れが出てか床に就き、「家名再建の嘆願が叶ったか」と繰り返し父に問いただした。

喜太郎は再びの嘆願申し入れの願いを本家与三八へ書き綴り、きわは、山中の湯治から千賀を連れ戻った事を、本家には文を、お鉄と弁吉には言伝てをと、下男に念押しして送り出した。

千賀の病にこれ以上尽くす手はないのかと、誰彼なしに問うが術もなく、今はただ神仏に念ずる事だと思っても、もどかしさは絶ち切れない。きわはお鉄を待ち焦がれた。
　片や喜太郎のたっての願いを受け、本家与三八ほか一類より、九月には三度目とな
る家名再建の嘆願が奉行所へ申し込まれたが、幾月過ぎても奉行所からの返しは叶わ
ない。千賀の病は高ずるばかりで、医者の薬と足繁く見舞うお鉄の慰めを頼るほか手
立てがなかった。
「先日、新年の髪飾りの細工物を納めに御殿から来た大女中との世間話の中で、千賀
が山中へ湯治に行っていたとの話もしたので、いずれ真龍院様の耳に届くやも知れぬ」
　千賀を見舞いに、時折顔を覗かせる弁吉が、師走に入って訪れた帰り掛けに、見送
りに出たきわを見て話し、続けて励ましの言葉を掛けてくれた。
「千賀の病を救う手立てがあれば、誰にでも縋るがいい」

　文久二年（一八六二）の年が明け、三年ぶりに親子顔を揃えての新年を迎えた。

　山中から引き続き介護を任せた下女に、抱きかかえられるように祝い膳についた千
賀が、

「宮腰に戻る事ができて本当に良かった。今年こそ銭屋再建で、いい年にせなならん」

と、きわたちの顔を見回し微笑む。喜太郎が千賀に頷いて顔をじっと見つめた。

横では余計松が姉から貰ったお年玉を手に嬉しそうで、きわは、このささやかな幸せが途切れる事のないように、胸の内で銭屋の先祖に祈った。

年の初めにと下女と下男へお年玉袋を手渡す夫の姿を見て、きわが思い出したのは、かつて新年になると、改まった着物姿の五兵衛やまさをはじめとする銭屋の身内が居並ぶ前に、大勢の奉公人たちが新年の挨拶に顔を出し、五兵衛からお年玉袋を手渡されるのが恒例となっていた事。

いつもは慎ましやかな膳も元旦だけは二の膳が付き、その席では、晴れ着姿の娘や嫁たちにも五兵衛からお年玉袋が手渡された。いつもきわは、銭屋の一員としての一年の始まりに身が引き締まる思いで頂いていた。

だが、今では夢の中での出来事だったように思える。手足をもぎ取られたような有り様で時が流れゆき、このうえ、千賀まで連れ去らないでほしいと神仏に手を合わせた。

やがて寒の入りを迎えた。「嬢様の病平癒を念じる」と寒修行の托鉢《たくはつ》に金澤まで足を延ばしていたお鉄が、毎朝寄って門口に立ちねんごろに唱える念仏に、きわも手を合わせ一日が始まる。千賀の病の具合で一喜一憂の日々を過ごしていた。

節分も過ぎ、お鉄から寒修行も納めと告げられたきわは、修行仕舞いの祈願にと海月寺へ出かけた。立ち戻ると、門口に駕籠が並んでいる。控える中間《ちゅうげん》に、「藩から御典医が出向かれた」と告げられ、家の中では三人の藩医が喜太郎を前に座していた。

お手上げの顔をして早々に席を立った喜太郎に代わり座に着いたきわに向かって、改めて藩医が順に名を明かし、「真龍院様の召集で、銭屋千賀の容態を診るように差し向けられた」と言い添えた。

真龍院の差配と知り、きわは驚いたが、有難くて、三人が仏のように思え手を合わせた。襖を隔てた千賀の元へと、一人また一人と三人が立ち代わり部屋に入っていく。千賀との語らいを襖越しに漏れ聞いていたきわは、祈る思いで藩医の見立てを待った。

千賀の部屋の片隅で下女が置いた桶の湯に手を浸し、藩医の長谷川学方は、隣で見立てを待つ母親の縋るような眼差《まなざ》しや、真龍院の憂わしげな顔を思い浮かべると、何と伝えれば良いものかと思案し、部屋を後にした。続いて診た黒川良安、片山君平も同じ思いを抱き、疲れて瞼を閉じた千賀の部屋を後にする。きわの元で三人膝を並べ、下女が差し出した千賀の薬を改め頷き合い、見立てを説く一人が残った。

席を立つ二人を見てきわは、どんな名医を以ても千賀の病は手が施せないものと悟り、悲嘆に暮れた。

千賀の病は、三年前に告げられた通り流注毒《カリエス》とのことだった。

「左右下腹部の流血膿瘍がより大きくなっており、今では脊髄が塊を成して突き出ているものの、麻痺《まひ》のため痛みは薄いと思われる。この先は心の臓や肺の臓の務めが成し難くなり、命にかかわる事となるので、辛い時は辛抱せず、口にするよう娘さんに告げた」

病の見立てをきわに説いた医者が立ち去りゆくのも気付かずに、きわは魂の抜け殻のように座り込んでいた。

千賀の病が、今や容易ならぬものと知ったきわだが、病の話には耳を塞ぐ喜太郎へ告げることは憚られた。「真龍院様から差し向けられた三人の藩医が千賀を診に訪れた」と弁吉に文を綴り、藩医の見立てで、これから先が気掛かりな胸の内を明かした。

日を置かずして、弁吉から折り返しの文が届いた。藩医の見立ては真龍院にも注進されたようで、「遅きに失した」と肩を落とされたように伝え聞いたとしたためてあり、きわには、「千賀が大事ないよう看るのが務めと、気を確かに持ち、辛いだろうが耐えてほしい」との励ましの言葉と共に、自らの身も大切にするようにと結んであった。

患いの身に寒さは辛かろうと千賀に寄り添う皆が待ちかねた春を迎えたが、藩医たちの危惧したように、千賀の容体は日を追うごとに優れなくなり、やがて一類の内でも千賀の病はここまでかとの思いが募った。

辛さに耐える中でも家名再建を口にする千賀が不憫で、せめて命ある内に家名の再建をと、五月に入って奉行所へ四度目の嘆願が申し込まれた。

ところが、どういうわけか安政六年以来一類より申し込まれていた家名再建の嘆願書を全て取り揃えた奉行所が、「家名再建の件は、速やかには詮議出来かねる」と、本家与三八の元へ差し戻してきた。

六月の声を聞くと、千賀が、食べ物はもとより薬も受け付けなくなり、誰の目にも風の前の灯火と見えた。

そんな意識が薄れそうな中でも「家名再建を」と乞う声に、再び一類より千賀の悲願と訴える嘆願を奉行所に申し入れた。しかし、全てが徒労と帰《き》する如く、文久二年（一八六二）六月二十三日に、千賀は二十六年の短い生涯を生き抜き、燃え尽きた。

六月二十五日の弔いには、宮腰をはじめとする近郷近在から、千賀の孝心を称え、夭折を悼み参列する人たちが数百人となった。きわたち身内を含めた一類及び縁ある人たちは、死してなお心打つ千賀の徳望にしみじみと感じ入り手を合わせた。

千賀が浄土へと旅立って、きわには時が止まったような日々が流れた。きわを気遣って時折顔を覗かせるお鉄が、今朝は改まった面差しで袱紗を広げた。

「やはりこれは、奥様が手元に納めておかれた方が宜しいかと」

一枚の懐紙をきわの前に差し出した。

きわは手に取った懐紙をそっと開くと、書き連ねた手の跡を目で追いお鉄を見上げた。その瞳が見る間に潤み、震える声を口にする。

さみだれの　ふりすさひても　てる月の　光は西の　空にこそあれ

言葉にした二度目は、襖を隔てて休む喜太郎に届くようにと声を張り、微かに耳に入る嗚咽の主を庇《かば》うように、お鉄が、その時の千賀とのやり取りを話し出した。

五月も終わりの頃、千賀の容体は危うくて薬で眠る時が多かったが、珍しくお鉄に眼差しを向け、秘め事を打ち明けるように口を開いた。

「お浄土で要蔵にいさんに出逢うたら、お鉄が来るまで一緒に居ていい」

「そりゃあ、要蔵さんも嬢様に会えば喜ぶでしょうよ」

問うた千賀にお鉄が答えると、心底嬉しそうに微笑んで、お鉄に浄土の話をせがんだ。余程心地良い日だったのか、下女に文箱を運ばせ、取り出した懐紙に筆を走らせる。

「これが、この世で詠む最後の句かも」

お鉄に渡し呟いて、床に就き瞼を閉じた。

「奥様たちに見せなくていいの」

「後でね」

お鉄が聞くと、唇だけで答えた千賀の閉じた目尻に、涙がひとすじ光った。

お鉄は預かった懐紙を御仏の傍に置いて朝夕の勤行を上げ、千賀が辛くないよう念じていた。千賀が浄土へ旅立った後、きわたちの憔悴した姿に心が痛み、決して千賀は無念の心だけで浄土へ旅立ったのではないと、一日も早く申し伝えなければと気掛かりだった。

「初七日も過ぎた事で、奥様たちにも常の日々を取り戻してほしいと思って、嬢様の最後の心持ちをお届けしました」

言い置いたお鉄が去って、どれほどの時が過ぎた事か。縁から流れ込む薫風《くんぷう》の中で、きわは、千賀とお鉄を会わせた事が誠に良かったと思え、お鉄が御仏の元へと千賀を手引きしてくれ、この身もお鉄に救われていると、先を歩む道に光が見えた。

千賀の弔いを機に、最後の望みとしていた家名再建の嘆願書が奉行所に申し込まれていると知った奉公人たちが、夏には再び連れ立って訪れて来ていたが、涼風と共にまたもや足が遠のいた頃、突然に奉行所より本家与三八の元へ「家業再建」の許しが下りた。

与三八の話では、「家名再建は千賀の遺言だった」と弔いの場で囁かれた事が、宮腰ばかりか金澤にまで伝え広がったようで、藩の耳にも届くと捨て置くこともできず、「家名を掲げる事は承知できぬが、せめて生業だけでも叶えるように」と沙汰があったという。

　そんな話を耳に挟んだ一類の者が、

「千賀の存命中に届いていれば」

　と悔しがるのを聞いたと、与三八が声を詰まらせ喜太郎に話した。

　千賀が亡き後、悲しみや寂しさから逃れるように喜太郎は俳諧に耽《ふけ》った。ようやく許された家業の再開だが、喜太郎は踏み出しもしない。過ぎ行く日々を懸念したきわが、下男に文を持たせ弁吉に問うた。

　日を置かずして、千賀に線香をあげたいと弁吉が訪れた。喜太郎を交えてのよもやま話で、千賀の句や家業再建の話をすると、喜太郎は千賀の辞世の句を弁吉に聞かせた。

「千賀の耳にも届けてやれず、『銭屋』を名乗れぬ家業に、何の道理があるのか」

　家名再建とならぬ無念を訴え、改めて弁吉に問うた。

「余計松のこの先を思うて」

　横で執りなすきわを煩《わずら》わしそうに見る喜太郎に、弁吉は軽はずみな進言は言い出せなかった。

　弁吉の勧めもあり、きわは家業再建のために、余計松を本家与三八の養子として預ける事を、一類の口添えで喜太郎に承知させた。きわにとって文久三年（一八六三）は、我が身で決めた事ながら余計松まで手放した寂しさに耐え、日を追うごとに頭痛を訴える喜太郎に、心乱される一年だった。

＊

元治元年（一八六四）一月、本家に預けた余計松が元服を迎えるのを機に、喜太郎が家督を譲ると言うのを聞いて、家業を再建せぬ喜太郎を杞憂していた一類が挙《こぞ》って賛同し、余計松は、分家の「清水屋余三郎《よさぶろう》」として独り立ちした。

しかしながら、余計松改め余三郎の船出は決して順風満帆とはならなかった。かつて喜太郎の下で勤めた奉公人たちは、余三郎が幼子だった頃の心覚えしかない上、後ろ盾として頼みとする喜太郎が気鬱の病と知り、奉公にも二の足を踏んだ。

そうした奉公人たちへの執りなしを、五兵衛を助け奉公人にも慕われたまさのように自らは振る舞えないと気に病むきわを、お鉄が折々に力付けていた。

喜太郎は気分の晴れやかな日に、かつての商い先に伝手を求めるが思うに任せず、するとその事がまた気鬱の種となる。そんな事を、間を置いては繰り返す月日を送っていたが、五月に入ってから、「千賀の法要を繰り上げて営む」ときわに告げた。

五月二十八日朝早く、越中・井波の瑞泉寺へ向かった。予てより、喜太郎は寺に千賀の三回忌法要の知らせを届けていたが、喜太郎ときわの二人だけで訪れた事に寺は驚いていた。

それでも喜太郎が如何ほどの奉納をしたものか、たいそう豪勢な設えの中、二人きりで弔う千賀の三回忌が執り行われた。

寺に泊まり、夜が明けると喜太郎が出し抜けに、絹の商いで懇意だった福光・城《じょう》端《はな》の問屋へ立ち寄ると切り出した。

だが、突然訪れた城端の問屋では、加賀藩の威令《いれい》を恐れたものか、過ぎし日の親交が空言のように取り合う事なく追い返された。

「せっかく城端まで足を運んだのだから」

気落ちする喜太郎を、きわが誘って善徳寺に詣で、次は安居寺を詣でにと駕籠を向かわせる途中、福光・宗守に差し掛かった時に、きわはふと胸騒ぎを覚えた。前を行く喜太郎の駕籠を見ると、駕籠の下から時折落ちる黒っぽい物が見えた。

「駕籠屋さん、ちょっと止まって」

きわが呼ぶ緊迫した声に、慌てて駕籠を下ろした駕籠かきが、先を行く喜太郎の乗った駕籠を大声で呼び戻した。

呼び戻されたのが呑み込めない顔の駕籠かきが、降り立っていたきわの求めで、駕籠の下がりをまくった刹那。

「うわ」

声と共にのけぞった。駕籠かきの後ろからきわが目にしたのは、体をうつ伏した喜太郎が、着物の前を開いて割腹したのか、折り曲げた腹の辺りがどす黒く色変わりし、駕籠の底の血溜まりに座る姿だった。

「田の向こうに見える家へ行って、綿入れを貰い受けてきてほしい」

逸早《いちはや》くきわが駕籠かきに申し付け、金子の袋を持たせ走らせた。

やがて綿入れを抱えた駕籠かきについて爺様が来て、喜太郎の駕籠に縋《すが》るきわを見て仔細は問わぬまま駕籠かきを手伝い、喜太郎を綿入れに包み丁重に駕籠に座らせた。問わず語りに爺様に身分を明かしたきわの目に、辺り一面の田に張った水が、午後の陽を受けきらきらと輝くのが映った。その光を背に受け手を合わせる爺様の姿が御仏のようにも思え、心が定まり、「陽が落ちてから宮腰に着くように」と駕籠かきに告げた。

月明かりを頼りに宮腰に着いたきわは、帰りを待ち侘びていた下男を余三郎の元へと差し向けた後、駕籠かきたちの力を借りて、立て掛けてあった洗張《あらいは》り板に喜太郎を乗せ、ひとまず夫を床に寝かせた。疲れ果てた様子の駕籠かきたちに多分な金子を握らせ詫びて、汚した駕籠の始末も任せ、駕籠かきたちの去りゆく姿が消えるまで頭を下げていた。

駆けつけた余三郎と奉公人たちが、喜太郎の傷ついた体を整えた。横たえた亡骸を前にし、青ざめて言葉を失っている余三郎に、きわがここ数日の話をした。

「旅立つ前に、父様が秘蔵の名刀を包み込んだので止めはしたのだが、もっときつく言えばよかった。城端の問屋に立ち寄った時、これまでと違ってつれない応対に、父様は気を落とされていた」

夫の心痛に思い至らなかった事を悔やみ口説くきわの言葉に、まだ幼顔の余三郎が唇を噛んだ。

一代の商傑銭屋五兵衛を父として、孝女千賀と呼ばれる娘を持ち、かつては文人墨客の諸名士を寄寓《きぐう》させ、宮腰に銭屋ありと言われ思うが儘に生きていた喜太郎だが、晩年の心の闇は誰も救う事ができなかった。

物心も付かない三つの年に、祖父は獄死で叔父は磔刑、頼りとする父は獄舎につながれ、咎人の子として人目を忍んで育てられた。父が戻った喜びも束の間に、愛《いと》しまれ慕っていた姉を失い、父の商う姿も見ぬままに、家名も名乗れぬ家督を十五で継いだ余計松。

「貴方様は何も語らずに去るおつもりか」

きわは浄土へと旅立つ夫に問うた。

唇を噛み、涙を堪える余三郎の姿に、

「この子が重荷を背負って進む道に光は射すのか」

と、乞い願えば、喜太郎が戻りはせぬかと一心に念じた。

＊

「お鉄、私は長く生き過ぎたようだねぇ。何の力添えもできないままに」

「何をおっしゃって。奥様が居ればこそ、一類の方々が余三郎さんを引き立てられた」

悔いる思いを話すきわに、お鉄が取り成すように答えた。

明治十四年（一八八一）五月。

春の陽光を受け白い波が光を放つ海辺を、尼僧姿のお鉄が、砂に足を取られるきわを気遣いながら手を取り歩く。その姿を見て、

「どちらが姉か妹か」

宮腰の店を畳み、五つになった娘知加《ちか》の手を引き、先ほど港から伝手を頼って青森の地へと旅立った余三郎が、見送りの二人を見て目を細め笑った。

きわは、十四も年下のお鉄を姉のように慕い、お鉄は、難の数々を乗り越え今では童女のようなきわを妹のように慈しんだ。二人が手を取り合って光を背にすると、まるでお鉄がきわをお浄土へと道案内しているように見えた。

日だまりに腰を下ろし、過ぎし日を思い起こしていると、語らずとも互いの胸の内

が分かる。余三郎が去った事が予てよりの約束事のように思えたきわが、お鉄にも相槌を打ってほしくて語り出した。

喜太郎が逝った年の師走には、一類の危ぶむ声も耳に届かないように、余三郎が藩へ御用金二百両の分割上納を願い出て、翌年の慶応元年（一八六五）から三年の間は、毎年のように船を買い入れ、継いだ家業の回船で身を立てていた。

喜太郎が隠し置いた財が如何ほどあったものか、明治元年（一八六八）にはまだ数十万両の財があったと一類の間で取り沙汰されていた。しかし江戸から明治へと時代が変わる大きな波のうねりの中、年若い余三郎は、手練れの者たちの恰好の餌食となった。

妻も娶《めと》り二男二女に恵まれたが、やがて次女の知加を残し三人の子を亡くし、明治十一年（一八七八）四月には妻と離縁した。

この頃には投機など不熟練な商いまでにも手を染め、ついには一類が懼《おそ》れていたように、三十二の余三郎は、裸同然で宮腰を去る事となった。

「でもね、お鉄。銭屋の男たちが揃って非業の最期だったから、もしや余三郎もと案じてた。だから愚かな母心と思われてもいい、孫娘の手を引く命ある余三郎を見送れてよかったと、神仏に手を合わせたい」

「だぁれも愚かだなんて思いませんよ。奥様が、旦那様方の最期に心を痛めていた事は、お側近くで見ていた者は承知の事ですし、余三郎様もきっと有難く思っておいでですよ」

きわはいつも、お鉄の言葉に救われる思いがしていた。

「銭五の燈を宮腰から消してはならぬ」との、まさや千賀が命を懸けた想いを果たす事は叶わなかったが、この先は「宮腰に銭屋あり」と足跡なりとも残すことを償いとして、お鉄と共に命ある限りこの地で知らしめたいと、遠く広がる宮腰の海と心に誓った。

明治二十七年（一八九四）十一月十七日、鉄悟道珍尼に手を取られ、きわは七十七年の生涯を閉じた。

奇しくも、きわが亡くなって数日後には日清戦争が勃発し、戦という大きな波に世の人々は一喜一憂する事となった。

終章

二十年余り青森で父と共に暮らし、明治三十六年（一九〇三）八月三十日に、五十五で命尽きた父余三郎を見送った知加は、宮腰で父が商っていた頃の縁で、僅かに親交が続いていた高岡の角谷家を頼り、青森を後にした。高岡に身を寄せ、三十一で角谷家の間借りながらも所帯を持った。

続けて女の子四人を授かったが二人を幼くして亡くし、最後と思う出産で男の子に恵まれた時、知加は安堵と喜びを覚えた。

「銭屋を残さねばならぬのに、この有り様では、じじ様や父様に合わせる顔がない」

幼い息子や娘が次々と亡くなり、やがて妻までが去り、ついには己も宮腰を去る事となった父が、青森にいた頃、慙愧《ざんき》に堪えず深酒をしていつも呟いていた声が甦る。

知加は銭屋を忘れるわけにはいかないと、先祖から授かったように思える嬰児に銭屋代々の当主五兵衛の名を付けた。

時は明治から大正へと変わり、知加は高岡で夫と穏やかに三人の子を育てていたが、大正から昭和となって二年（一九二七）に、自らが五十を過ぎた事で今一度金沢の地を踏みたいと夫に頼み込み、家族と一緒に金沢に移り住んだ。

「これでやっと役目が果たせた。本龍寺にはお墓もあって、銭屋の亡き人たちが寄り合う所。父様は皆と会えたものか」

昭和四年（一九二九）、父余三郎の二十七回忌の法要を金石（旧宮腰）本龍寺で済ませた知加は、共に手を合わせた家族にも多くは語らなかったが、長年の重荷を下ろしたからか、柔らかに微笑んだ。

その顔を夫や子供たちの瞼の裏に残したまま、三年後、知加は五十七歳で旅立った。


知加が幾多の想いを込め、名付け育てられた五兵衛は、昭和八年（一九三三）十一月十六日に「銭屋五兵衛の銅像」が建てられ、翌年には「銭五祭り」の開催や「紅葉塚の碑（銭五句碑）」の建立と、金石で銭屋が偲ばれるのを知り、あと暫く母が生きながらえていたならと悔しかった。

五兵衛が二十三で父を見送った後、日本では昭和十六年（一九四一）に第二次世界大戦が勃発し、二十六の五兵衛は金沢で第九師団に入隊した。

姉たちが嫁ぎ、両親も失った五兵衛の元へ、慰めの言葉を綴った手紙が高岡から届けられたのが縁で、幼い頃ひとつ屋根の下で暮らし、妹のように思っていた角谷家の娘登志子《とし こ》と結ばれ、金沢の家を畳み共に満洲へ旅立った。昭和十九年（一九四四）出産のため帰国する妻を見送った五兵衛は、翌年に終戦を迎えたが、日本に帰国し高岡の妻の元へ着いたのは、終戦から二年後の事だった。

その後は高岡で妻子と共に暮らしていた五兵衛は、昭和二十六年（一九五一）冬に「銭五翁没後百年祭」が金石で挙行されるという知らせを受け金沢を訪れ、記念事業の一つとして『銭屋五兵衛の研究』との本がいずれ出版されると聞いた。

この時期には戦後再開された日本の通商貿易が盛んになり、金沢では河北潟の干拓も話題となった。五兵衛が話を聞く数年の間に、小説や演劇、映画化と、銭屋五兵衛の名や功績が全国に知れ渡る事となっていった。

母からも聞かされていない先祖の話を知って、五兵衛は、いずれは家族を連れて金沢へ帰り、金石に住みたいと思った。

「事実は小説より奇なりと申しまして……」

司会者高橋圭三の名調子の声が静まり返った会場に流れ、昭和三十六年（一九六一）四月十七日、NHK金沢放送局開局記念番組『私の秘密』に出演する父清水五兵衛の姿が壇上に現れるのを、志津子《しづ こ》たちは待ち侘びていた。

父母と共に四人姉妹が、先祖の住んでいた宮腰こと現金石に移り来たのが前年五月の事。長女の志津子は高校編入などで落ち着かない月日を過ごしていた。

年が明けて早々、父に、「銭屋五兵衛の子孫で銭屋十一代目という秘密で」とテレビ出演の依頼があった。これをきっかけに、銭五の末裔が金石に帰ったと新聞にも載り、ひと昔前の騒動や刑罰が取り上げられて、一家は否応なく世間の衆目を集める事となった。

やがて「銭五顕彰会」が設立され、銭屋五兵衛の軌跡を辿り、今の世にも通ずる経営手腕や考え方を広く世間に知らしめたいと、昭和四十三年（一九六八）七月に、父五兵衛は金石商工協同組合連合会と共に「銭五遺品館」を創設した。五兵衛は館長に任命され、志津子は父の下で手助けしたいと勤めを辞めた。

翌年、志津子は結婚し実家を離れたが、昭和四十七年（一九七二）の「銭五翁生誕二百年祭」や「銭五翁銅像」の再建などに関わると、人としての五兵衛に感ずるものがあり、幸いにして集められた資料も多くあったため、手当たり次第に読み漁った。

志津子は、銭屋の諸々の話を知るごとに先祖の息吹を身近に感じ取る事となり、語り継ぐ使命を託されたようにも思われた。また、経済のめざましい成長の時とも相まって館を訪れる人も多く、志津子の熱き想いは訪れる人たちの心に響いた。

開戦から終戦そして戦後と、激動の昭和も六十年あまりで終わりを告げ、時は平成と変わって九年（一九九七）七月二十二日、金石の大野湊緑地公園に隣接して石川県により建設された「石川県銭屋五兵衛記念館」が開館となり、志津子は三十年勤めた「銭五遺品館」から席を代えた。銭五が結ぶ新たな出会いと学びを求め、巡り会いを大切にして見聞を広めた。

公益財団法人となった銭五顕彰会の運営で数々の企画が実現し、一つ一つの催しに関わる事がいつしか志津子の生きがいとなった。「銭屋五兵衛の末裔」と紹介されると、誇らしさの中にも大きな責任を感じた。

北前船交易で活躍し、逼迫した加賀藩の財政を救い、殖産事業への貢献や困窮者への扶助などに尽くした五兵衛が、河北潟疑獄事件で要蔵と共に理不尽な最期を遂げた事を、「士農工商」の身分制度や封建時代の出来事と片付けず、濡れ衣・冤罪が如何に惨《むご》いかと語り継ぐ使命を、志津子は授かったような気がしていた。受け継いだ銭屋の歴史の中で、「親の恩・先達の恩・世の恩」に報いるなど、学んだ教訓と共に、銭五たちの生き方を継承するべきとも思った。

父五兵衛が九十三で亡くなり、母登志子を九十八で見送って、残された四姉妹の末子が清水の名を継いだが、銭屋の誉れと憂き目を女たちが支え生きたように、次の世までも銭屋の灯を消さぬため、命ある限り励もうと志津子は心に誓った。

令和二年（二〇二〇）四月、志津子は、金石の自宅から河北潟へと車を走らせた。

金石から東へ十キロ程の河北潟へは、今なら車で三十分も掛からずに行けるが、百七十年前、夢が絶望に変わると知らずに、要蔵たちが同じ道を歩いていたとは切なく思う。

降り立つ志津子の目に干拓地が遠くまで広がるのが見渡せ、青空の彼方には雪に覆われた白山も望める。柔らかな風に髪を撫でられ、志津子は目を閉じて大きく息を吸った。

先祖の五兵衛や要蔵が罪に問われる元凶となった河北潟埋め立てが、百数年の時を経て、改めて昭和三十八年（一九六三）に国営干拓事業として着工した時や、昭和六十一年（一九八六）の完成時にも、華々しく報道される紙面を見て、志津子は唇を噛んでいた。

「海の百万石」と称されたが、同時に大罪人として語り継がれる銭屋五兵衛を、いま一度甦らせ、思い描いた如く青々とした畑や牧草地となった河北潟干拓地を見せたいと思った。

数日前、画面越しの東京在住の前田家十八代当主利祐氏が、藩政時代に加賀藩が下した銭屋への処罰が過ちであり、銭屋には藩への多大な功績があったと認めた。

それは、銭屋の末裔として、先祖が北前船で豪商となった軌跡を示し、謂れなき罪に問われた名誉挽回をと長年にわたり努めた志津子にとって、待ちに待ったお言葉だった。

悲願の家名再建は叶わず、失った命や苦難の年月は取り戻せないが、女たちが連綿と受け継いだ尽力が、漸《ようや》く実を結んだ事に安堵した。

了

【参考文献】

『石川県史　第二編』
『石川県銭屋五兵衛記念館　銭五の館』展示図録
『加能郷土辞彙』日置謙（北國新聞社）
『「銭屋五兵衛口上書」銭屋五兵衛詮議届』銭屋五兵衛
『銭屋五兵衛の研究』鏑木勢岐（銭五顕彰会）
『藩国官職通考』弦斉湯浅祇庸（石川県図書館協会）

本作品は当文庫のための書き下ろしです。

文芸社文庫

海の百万石　銭屋の女たち

二〇二二年十月十五日　初版第一刷発行

著　者　平野他美
発行者　瓜谷綱延
発行所　株式会社　文芸社
〒一六〇-〇〇二二
東京都新宿区新宿一-一〇-一
電話　〇三-五三六九-三〇六〇（代表）
〇三-五三六九-二二九九（販売）
印刷所　図書印刷株式会社
装幀者　三村淳

ISBN978-4-286-24043-5